小菅 登

海螢

冬花社

海螢

この小著を東日本大震災で被災したすべての人々に捧げる

1

東北の夏は短い。八月下旬の頃になると、もう海岸沿いの野山にはススキの穂が出て、ハマギク、リンドウなどの秋の花が咲き始める。秋がひそやかに漂い、昼に夏の暑さがあっても、朝晩は清涼な空気に包まれ、人々は夏の風情に浸る間もなく、不意を突かれたように、あたふたと仕舞い込んだ夜着を引っ張り出すのである。

海は穏やかに凪いでいた。日差しは衰え出した夏の勢いを盛り返すように、海面にまばゆく照り返っていた。夏と秋の季節が行き交う晴れた日の昼下がりである。

岩手県沿岸の南部に位置する海岸で、一人の老年の男が磯の岩石に腰を下ろして、ぼんやりと海を眺めていた。海岸は湾の奥に広がる砂浜の海岸だったが、砂浜の両端は山地で区切られ、そこは岩石の多い狭い磯になっていた。両端から先は傾斜の急な山地が迫る磯浜の海岸が続いていた。両端の磯浜には、山地から松の木が覆い被さり、適度な日陰を作っていた。男は日差しを避けて、磯の岩石に腰掛け、両手を膝の上に置き、やや姿勢を正して、愁いに沈んだ目を海に向けていた。男は六〇代半ば頃と思しき年齢で、細身だが頑健な体つきと、赤銅色に日焼けした逞しい顔には、人生の幾多の艱難を乗り越えて来た、芯の強さが滲み出ていた。男はあご紐の付いた麦わら帽子を脱いで、背中に落としていた。なおしばらく男は海を眺めていたが、やがておもむろに腰を上げると、麦わら帽子を被り、ゆっくりと砂浜を歩き出した。

砂浜は昼の強い日差しを取り込んで、夏の暑さをぶり返していた。男は砂浜の照り返しに眉をひそめ、眩《まばゆ》さを避けるように時折海に目を遣った。海は晩夏の陽光を浴びて、漂い出した秋の様相を跳ね返すほどに、青く光っていた。男は照り返しの少ない波打ち際を歩いた。

　波は岸にゆったりと寄せては静かに返し、水際《みぎわ》を歩く男の長靴を洗った。男はふと立ち止まって、砂浜に長い泡沫の線を描いて寄せる波を眺めた。波は淡黄色の砂浜に、遠慮がちに這い寄っては、詫びるように引いていた。季節の変わり目の中で夏の青さを湛えた海は、濃緑色に照り映えた岬を遠くに横たえ、暑さで靄《もや》った淡い青空は、遥か水平線で海と交わり、互いの領分をおぼろげに分け合っていた。青色に染まった茫洋たる空間を、純白に映える数羽のカモメがゆったりと飛び交っていた。砂浜にのんびり寄せる波の音と、時折届くカモメの声はあまりに心地良く、歩きながらもまどろみを誘った。

だが、この穏やかな光景を醸し出す海に、津波で流されて、今なお不明の家族がどこかで眠っているのだ、と男は思った。

大震災が起きてから五年半になろうとしていた。復興も遅々として進んでいないように思えた。震災で受けた心の傷は、たやすく癒えるものではなかった。震災が起きた時点で、男の時間は止まっていた。いまだに夢ではないかと思う時もある。あの日を境に人生の風景はまったく変わってしまっていた。なぜこうした厄難に遭わなければならないのか、男は震災という不条理な出来事に、何とも遣り切れない気持ちが込み上げてくるのだった。

砂浜からほど近い、小高い山の中腹にある小学校の校庭に、仮設住宅が造られていた。男はこの仮設住宅に住んでいた。ここには一棟に五、六世帯が入れる組み立て式の仮設住宅が、十棟余り造られ、それぞれ部屋の間取りは四畳半二つと台所、そしてユニットバス、トイレの二DKとなっていた。完成したばかりの頃は六十数世帯、一七〇人余りの人が入居していた。その後、災害公営住宅の整備や、自宅再建が進むに従って入居者数は減って行ったが、今なお十六世帯四十数人もの人が住んでいた。

　男が砂浜から戻ると、同じ仮設に住むおかみさんが声を掛けて来た。

「牧さん、浜さ行ってだったすか？　先ほど田崎先生が来なさったよ」

　男の名は牧野富男と言った。仮設の人たちは男のことを牧さんと呼んでいた。牧野は時間があれば、砂浜に出ていることを誰もが知っていた。

「田崎先生がぁ？　何がぁ言ってましたがねぇ」

「まだ来ると言って帰りなさったよ」

「どうも、ありがどごぁんしたぁ」

　牧野はおかみに軽く頭を下げた。牧野は仮設住宅に、小学校四年になる孫の翔太と住んでいた。田崎先生は小学校の先生で、翔太が二年生の時からの担任だった。牧野は田崎先生が来たのは孫の翔太の事だろう、と思った。小学校の校庭の仮設に住んでいる生徒に、先生が訪ねてくるのは、珍しいことではなかった。

牧野が部屋に戻ると、台所に置いてある椅子に腰かけた。四畳半の部屋の机の上に、翔太のカバンが無造作に置いてあった。翔太は学校から帰ると、カバンを放り出し、すぐ遊びに出て行ったようだった。仮設住宅には一時七人ほどの小学生が居たが、今では翔太と五年生になる直人という男子生徒がいるだけだった。翔太は学校が終わると、決まっていつも直人と遊んでいた。直人は両親と三人でこの仮設に入っていた。直人の家は津波で流されたのだが、幸いにして人的被害に見舞われることはなかった。

「居るかいな」

同じ仮設に住む西川という老人が訪ねて来て、開けっ放しの戸口に立った。

老人は白髪頭を短く刈り込み、皺深い顔に無精ひげを生やした小柄な老人だった。震災時、牧野と同じ時期に仮設に入居してきた老人だった。当時七〇代半ば過ぎと言っていたので、今は八〇代に達しているはずであったが、年齢よりも少し若く見えた。老人は仮設に一人住まいだった。牧野はこの老人を、親爺《おや》っさん、と呼んでいた。

「あァ、親爺《おや》っさん。入んなされ」

「浜さぁ行ってだったすかぁ、よぐ行ぐねぇ」

西川老はそう言いながら部屋に入って来た。

「不思議なもんでねぇ。浜さぁ行ってると、何となぐ気が落ち着くんだなぁ。津波で海に流されで、いまだに見付かんねぁ三人のそばに来てるような気がしてねぇ」と牧野は言った。

「牧さんはぁ、慈悲深いなぁ」

西川老はそう言いながら部屋に上がり込んで、テーブルの椅子に腰掛けた。

「そんなこどぁねぁさ。同じ立場んなれぁ、誰でも同じ気持ちになるがねぇ」

「いづまで浜さぁ通うつもりだべや。津波ぁ来てがらぁ五年半になるがぁ、そろそろけじめ付けた方がいいんでねぇがぁ」

「早ぁもんだなぁ、もう五年半になるんだねぁ」

牧野は当時を振り返るように、独り言のように言うと、黙り込んでしまった。西川老も黙ったまましばらく窓の外を眺めていたが、やがて思い出したように真顔になって言った。

「ところで牧さん、仮設ぁ、いづ出で行ぐつもりだね」

「んだなぁ。この間ぁ、役所から災害公営住宅の方さぁ、移るように知らせぁ来たがぁ、返事もしねぁで、ほったらがしにしてあるがぁ」

「俺もほったらがしのままだぁ。仮設ぁ家賃がタダだからいいがぁ、移ったらぁ、家賃払わねぁばなんねぁしなぁ。何でもかんでも金だぁ。少しばっかの年金で暮らす俺なんかぁ、生活できるもんでねぁ。牧さんはぁ結構貯め込んでっから、問題ねぁべ」

「何言うね、貯め込んでなんかいるもんかね。貯め込んでんなら、とっくに新しぃ家建ででぇ、仮設なんかに住んでるもんかねぇ」と言って笑った。

実際、仮設住宅に住んでいる人々は、家や家族を失っていると同時に、職場も失い、まともな収入が得られないでいることが多かった。それは仮設に住んでいる人々に限ったことではなく、被災した地域の産業に依存する、すべての人々に伸し掛かっている問題だった。

「家賃、掛がるのも嫌だがぁ、仮設に居ればぁ学校ぁ目の前だし、先生も時々来てくれるし、翔太も仮設の生活にぁ慣れできているようだし、小学校卒業するくらいまでぁ、こごに居でやりでぁど思ってんだがねぇ。公営住宅ぁ見だ目ぁいいがも知れんがぁ、間取りぁ今の仮設ど同じ様なもんだがらねぇ。いずれ出なけりゃならんのだがね」

「翔太も移りだくねぁべ。公営住宅がらぁ小学校ぁだいぶ遠いようだし、仮設に居る直人ど、いっつも仲良ぐ遊んでるしなぁ。移りだぐねぁべさぁ」

西川老は牧野の話に賛意を示すように、頷きながら言い添えた。

開けっ放しの戸口から遠くに小高い山々が見え、山なみは晩夏の午後の日を受けて、鈍い濃緑の色合いを放ってうねうねと続いていた。一匹のアブが部屋に飛び込んで来て、うるさく飛び回っては、また戸口から出て行った。

「牧さん、聞いだがね？」

「何を？」

「幽霊ぁ出だっつう話さぁ」

「いいや、聞いでねぁ。どこさ出たべやぁ」

「R町のT海岸に出だっつぅ話だぁ」

「R町のT海岸？」

「そうらしぃ」そう言って西川老は頷いた。

大震災で信じ難いほどの被害を受け、打ち拉がれて、しばらくは夢ではないかと思いつつも、やがて真に現実として受け止めざるを得なくなった頃から、あちこちに幽霊話が出始めたのだった。事実、この仮設住宅でも幽霊騒ぎがあった。

震災から三年ほど経った梅雨の季節の頃だったが、この仮設で一人暮らしだったツネという婆さんが、救急車で病院に運ばれて、そのまま亡くなったことがあった。ツネ婆さんが亡くなってから十日ほど経った頃、夜中にツネ婆さんの部屋から物音が聞こえて気味が悪い、と隣人から管理人に苦情が出た。ツネ婆さんの部屋は空き部屋のままで常に鍵が掛けてあり、誰も入れないはずだったのか、と住人に尋ねると、畳に足を擦るような音と、仕切り壁を小さく打つような音が交互に聞え、それが二晩ばかり続いたのだ、と言った。管理人は鍵を開けて部屋を隈なく確認したが、人の入り込んだ気配はなかった。これはきっとツネ婆さんの霊に違いない、という話が仮設に広まった。ところが幽霊話が広まった途端、物音はぴたりと止んでしまったのである。それから一ヵ月ほどが経ち、幽霊騒ぎのほとぼりも冷めてしまった頃のある晩に、物音はまた聞えたのである。物音は途切れがちに、前よりもはっきりと聞こえ、爪で床を引っ掻くような物音も混じっていた。ふたたび聞え出した夜中の物音に、仮設の人々は、これはきっとツネ婆さんの魂が成仏できずに、この世を彷徨っているのだ、と言って、恐れというよりもむしろ同情の念を持って噂し合ったのだった。

地震が起った時、ツネさん夫婦は、山の中腹の神社に避難していた。しばらく経ってからツネ婆さんは薬を忘れたので取って来る、と言って家に戻ろうとした。ツネ婆さんは重い関節リウマチを病んでいて、薬が手放せなかった。それを聞いた亭主は「おめぁは動きぁ鈍い。俺ぁ取って来っから待ってろ」と言って小走りに戻って行った。それが亭主の最後だった。

津波は曲りくねった狭い平地を縫ぅように押し寄せて来た。すさまじい音を響かせ、あらゆるものを巻き込みながら、神社の真下を黒い濁流となって突き抜け、一気に奥までせり上がって行った。平地に建っていた十数軒の家屋は跡形もなく押し流されていた。ツネ婆さんは悔やみ続けた。

「おらぁ、薬ぃ取りに行ぐなんて言わねぁばぁ、こんなごどんならながったぁ。お父ちゃんが死んだのぁおらのせいだぁ」

ツネ婆さんは周囲にそんな話をして悔やみ、亭主に謝らなければ気持ちが鎮まらない、と言って毎日嘆き悲しんでいた。行方不明者の捜索は続けられたが、亭主の遺体は見付からなかった。ツネ婆さんの関節リウマチは悪性のものに転化していた。朝の早いツネ婆さんだった。日が昇っても戸口の開かないツネ婆さんを心配した隣人が、管理人に連絡した。戸口を開けた管理人が、部屋で倒れているツネ婆さんを見付けたのだった。自分を責め続けるという精神的負荷が、リウマチの進行を早めたようだ、と医師は語った。

管理人は霊を鎮めるため、さっそく坊さんを呼んで、ツネ婆さんの供養を行った。不思議なことにそれ以後、ツネ婆さんの部屋から物音は、ぱったりと聞こえなくなったのである。

湾の平野に広がるR町は、岩手県沿岸では最も被害の出た町だった。R町では震災が起きてから幽霊が出たという話がたびたび持ち上がり、さすがに薄気味悪く思われたものだったが、次第に収まって、このところ幽霊話は途絶えていたのだった。

「Ｒ町の幽霊話ぁしばらぐ無がったがなぁ。今度ぁどんな幽霊だったべやぁ」

牧野は温《ぬる》くなった茶を啜りながら老人に聞いた。西川老は聞いた話だが、と前置きして語った。

　Ｒ海岸で防潮堤の工事をしている作業員が、夜更けにトイレに起きた。用を足しながらぼんやりと宿舎の窓から海岸の方を見ていた。中空の月が暗い静かな海面に光りの帯を映し、水平線に伸びた光りは、海の彼方で途切れ、闇夜の空と海をほのかに分けていた。海岸は月の光りに照らされて青黒い大地となって浮かび上がっていた。

　ふと海岸をゆるゆると歩く、複数の人の姿がほのかに浮かんだ。それは人の姿に見えたが少し違うようにも見えた。頻りにゆらゆらと揺れて、黒い影のようにも見えた。不思議に思った作業員は同僚を呼んだ。同僚はしばらく見ていたが、「仕事場荒らしの一味かも知れん」と言って、二人は棒きれと懐中電灯を手に、そっと宿舎を出た。海岸は目と鼻の先だった。宿舎から海岸まで一分も掛からなかった。だが不思議なことに海岸には、人の姿は見当たらなかった。動きからしてわずか数十秒の間に、この広い海岸から立ち去るのは不可能だった。二人は付近を見回ったが、砂浜には足跡さえなかった。翌朝、二人は他の作業員を伴って海岸を見回った。しかし、二人の作業員以外の足跡は確認できなかった。幽霊を見た、としか言いようのない現象だった。

西川老の話を聞き終えると牧野は言った。

「なるほどねぇ。不思議なこどぁあるもんだなぁ。それにしても、よぐまあ、あっちこっちに幽霊ぁ出るねぇ。勘違いや錯覚もあるんだど思うがねぇ」

「これぁどういうもんだべやぁ。二人一緒に見間違えってこどぁあるべがねぁ。

二人の作り話っつんだればぁ、話ぁ別だがねぇ」

西川老は思案顔で言った。

牧野は霊的存在を信じなかった。科学技術の進歩した世にあって、霊には違和感を持っていた。霊というものを体験したこともなかった。巷で言われる心霊現象は誰しもが体験しているわけではなく、霊感に強いほんの一部の人が体験した話として広まり、それが信じられているだけだ、と思っていた。

開け放った戸口から台所の窓の方に、午後の涼やかな風がそよと抜けていった。牧野は戸口に見える外の景色に目を向けた。狭い戸口枠で縁取られた遠景には、数羽のカモメが舞い飛んでいた。カモメは西日を受けて眩いほどに輝き、やがて純白の残像を残して、画面から消えて行った。

2

牧野富男の仕事は大工だった。牧野の父久男も大工だったが、牧野が中学三年の時、崩れた丸太の下敷きになって亡くなったのだった。棟梁だった父は腕のいい大工だった。「職人肌の信頼できる大工」との評判で、仕事を依頼してくる人も多かった。遠方からの仕事を請け負うことになれば、何ヵ月かは家を空ける事になるのだった。いわゆる出稼ぎである。もともとこの地方は、出稼ぎの大工集団で名の知れた「気仙大工」の発祥の地だった。出稼ぎは大工に限ったことではなく、東北地方では農民、漁民が農閑期、漁閑期の時期に生活を支えるために、土木や建築現場などの作業員として、出稼ぎに出ることは古くから行われていた。

仕事で家を空ける事の多かった父は、正月や盆以外にも仕事が一段落すると、必ず家に帰って来るのだったが、棟梁として次に請け負う仕事の段取りや、手道具の手入れに余念が無く、ゆっくり休んでいる暇もなかった。

父は帰って来ると決まって晩酌をした。酒は付き合い程度には飲むが、とりわけ好きというわけでもなく、出稼ぎに出ている時は、ほとんど飲まなかった。それでも家に帰ると気が落ち着くのか、母に晩酌の用意をさせ、囲炉裏端でコップ一、二杯ほどの酒をたしなんだ。そして晩酌をしながら、母と小学生だった牧野に、仕事の先々で得た興味深い話や体験談を話した。牧野も久しぶりに帰ってくる父の、そうした話を聞くのが好きだった。酒にさして強くない父は、稀に酔いが回ってしまうこともあった。そういった時、父は口癖のように言った。

「富男、どうだぁ、しっかり遊んでっがぁ？　勉強も大事だがぁ、遊ぶごども大事だぁ。父さんはぁ、富男と同じ年の頃にぁ、よぐ遊んだもんだぁ。なんでも工夫して遊んだぁ。遊びがら学ぶ事ぁいっぱいあったなぁ。子供ん時ぁ遊ぶこったぁ」

牧野が父の話に聞き入っているときに、突然話を中断して、たったこれだけの事を、酒気で赤らんだ顔に、やや真剣味を漂わせながら言うのだった。父がそんな問い掛けを仕出した時は、酔いが回ったという証でもあった。

確かに、父の言うとおりだった。遊び場所は山や川や海だった。他に何もなかった。遊び道具はぜんぶ手作りだった。厚手の布でグローブを作り、小粒の石をぼろきれで包み、それを紐でぐるぐる巻きにしてボールを作った。冬には裏山の竹を割って小さなスキー板を作り、魚釣りの錘は道の石ころだった。裏山の木の枝にロープを張ってターザン遊びもした。

父が晩酌をしていたある時のことだった。父の話を黙って聞いていた牧野が、いきなり父から問われたことがあった。

「富男、将来の夢ぁ何だぁ？　大人んなったら何になるつもりだぁ？」

早くも酔いが回ったか、と牧野は父の顔を見遣ったが、父はいつもと変わらぬ冷静な目を牧野に向けていた。不意に問われた牧野は戸惑った。先々のことなど考えたこともなかったからだった。ただ一つだけ、漠然と心に思っているものはあった。

ある時、地元の大地主が家の増改築を行ったことがあった。牧野は学校の帰り道、学童ら数人と建築現場を見に行った。古い格式のある大きな家で、母屋の一部を改築し、新たに離れ家を増築するというものだった。広い中庭には材木が山と積まれ、一〇人ほどの大工が忙しそうに立ち働いていた。牧野たちは仕事の邪魔にならないように、庭の隅の離れた場所に立って見ていた。離れ家の基礎はすでに出来ていたが、柱や梁の骨組みはこれからだった。職人たちは材木にカンナをかけたり、ノミで穴をあけたり、ノコギリを使ったり、墨壺で直線を打ったり、さしがねで寸法を測ったり、忙しげに動き回っていた。牧野は夏休みの宿題に、木工の本立てを作ったことがあったが、さながら家という大きな木工品の製作に、大人たちがこぞって取り組んでいる風にも見え、牧野は気持ちを高ぶらせながら、職人たちの動きを食い入るように見ていた。

職人たちが加工した部材が、家のどの部分の構造材として使われるのか、まったく見当が付かなかったが、それでもパズルを解く時のような想像力が掻き立てられ、いつまで見ていても見飽きることはなかった。

しばらく職人たちの仕事を眺めていた牧野は、庭の一隅に置かれた作業台で、静かに仕事をしている大工に目が留まった。そこは庭木に遮られてよく見なければ分からないほど、奥まった場所で、他の大工たちが精力的に動き回っている場所とは、明らかに様相が違っていた。牧野には庭の喧騒な作業場から遮断された、静穏な空気に包まれた特別な場所のように見えた。好奇心を抱いた牧野は、皆からそっと離れて大工の方へ歩いて行った。

頭にすっぽりと手拭いを巻き、日焼けした顔に無精ひげの大工は、作業台に載せた長さ一間、幅一尺、厚さ二寸ほどの板材に顔を近づけ、覆い被さるようにして、一心に彫り物をしていた。作業台の上には削った木屑が分厚く溜まり、ノミ、彫刻刀、小道具が乱雑に置かれていた。牧野は作業台を挟んで大工の正面に立ったが、大工は彫ることに熱中して、牧野にまったく気付かなかった。板材には立体彫りした見事な松の木と鶴が彫られていた。力強くうねった松の木に、扇型の松葉が美しく配置され、枝の上には羽を広げた鶴が、優美に飛んでいる姿があった。牧野は板材に彫り込んだ彫刻を見るのは初めてだった。彫刻の知識など毛ほどもない牧野だったが、何かしら泰然とした落ち着きと、安らぎを感じさせる彫り物だった。建築現場に来て、これほどの彫り物が見られるとは思いも寄らず、大工はがさつで粗野なイメージを持たれがちな職業であったが、繊細で大胆、そして力強くて典雅な彫り物を見て、これも大工職人の仕事なのか、と驚くばかりであった。牧野は大工職人の手業を釘づけになって見ていた。

大工はひょいと上体を起こして、彫り物の出来栄えを確認するように、板材を上から見下ろすような姿勢を取った。大工はそこで初めて、作業台の前で真剣な表情で見入っている牧野に気付いた。大工は無愛想な顔で鋭い眼差しを牧野に向けた。仕事をしている時の目だった。牧野は、仕事のじゃまだ、と一喝されそうな気がして、身構えながら大工の顔を見ていた。ところが意外にも大工は相好を崩して言った。

「ふーん、仕事ばぁ、見さ来たのがぁ。どうだぁ、面白《おもしょ》いがぁ？」

思いがけない言葉に牧野は安堵して、「うん」と小さく返事して大きく頷いた。大工は仕事中の眉間にしわを寄せた厳しい表情とは打って変わって、人懐っこい笑みを浮かべて牧野を見ていた。

「おめぁ小学生がぁ？　これぁ何だか分がっかぁ？」

大工は彫り物の板材を指差して言った。牧野はしばらく彫り物を見ていたが、黙って首を横に振った。

「これぁ、欄間《らんま》だ、欄間。欄間って分がっかぁ？　天井と鴨居の間に取り付けるもんだ。大抵の家でぁ壁で仕切ってあるがなぁ、壁の代わりに組み入れるもんだよ」

これが欄間？　と牧野は思った。欄間は細い角材を格子状に組んだ欄間しか知らず、このような彫刻を施した豪奢な欄間があるとは知らなかった。

「こいつぁ彫刻欄間っつうもんだが、今じゃぁこうした欄間ぁ、取り付ける家ぁ少なぐなってなぁ」

大工はそう言って、手掛けている最中の欄間を、腕組みしながらしみじみと眺めた。

「おじさん、これ、一人で彫ったのがぁ？」

大工への警戒心が和らいだ牧野は、思い切って尋ねた。

「んだ！」

大工は欄間に目を遣ったまま誇らしげに答えた。と、大工はふいと傍の庭木に歩み寄って、幹に立て掛けてあった板材を抱えて戻って来た。

「ついでに見せるべぁ。これも欄間だぁ」

大工はそう言って、板材を作業台の上に置いた。板材は彫刻欄間と同じ大きさだったが、彫刻欄間とは違って、薄い板材をくり抜いて模様を表したものだった。

「これぁ、透かし彫り欄間っちゅうもんだぁ。絵柄ぁ頭に描いで、その通りに彫り抜いだもんだが、彫刻欄間よりぁ、手間ぁ掛がらねぁ」

大工は両手を腰に当て、やや胸を張った姿勢を取りながら、満足そうに欄間を眺めた。欄間には伸びた数本の竹の周りを、数羽の雀が飛び交っている絵柄がくり抜かれていた。簡素だが、穏やかで、ほのぼのとした感じを与える欄間だった。なぜこの大工は他の大工と違って、欄間の仕事だけに関わっているのだろう、と牧野は思った。牧野はまた尋ねた。

「おじさんはぁ、欄間の仕事専門の人がぁ？」

大工はにっこり笑って言った。

「いんやぁ。俺ぁ大工だがらぁ、大工仕事もするよ。彫刻や透かし彫りまでするようなぁ大工ぁ居なぐなってなぁ。昔ぁ欄間の仕事も大工ぁやったもんだが、欄間ぁ取り付ける家も少なぐなって、今じゃほとんど欄間職人がやるようになってなぁ」

伝統的な日本家屋が少なくなり、欄間の需要も減り、当然、欄間を手掛ける大工も少なくなるのだったが、こういった高度な技術と美的感性を要する仕事は、誰でもが出来る仕事ではなく、それを巧みにこなす多才な大工職人は貴重な存在だった。

先ほどから牧野の白い布製の肩掛けカバンに、頻りに目を遣っていた大工が唐突に言った。

「もしかしたらぁ、おめぁ牧野棟梁の息子がぁ？」

なぜ大工は自分の名前を知っているのか。牧野は怪訝な顔をして大工の顔を見詰めた。大工は笑みを浮かべて言った。

「カバンにちゃんと名前ぁ書いであっぞぉ」

カバンの端に小さく牧野富男と書いてあった。牧野は少しかしこまって頷いた。

「やっぱりそうがぁ」大工は懐かしげな表情を見せた。

「あんたの父さんとぁ、出稼ぎで何度か一緒になってなぁ。棟梁にぁずいぶんお世話んなったぁ。この欄間の彫刻も透かし彫りも、あんたの父さんがら教わったのよ。牧野さんは腕ぁいいし、人望もあったがらぁ、若ぐして棟梁になったのよ」

大工の話によると、家主は最初、この家の普請を父に依頼したらしい。しかし、父の仕事が一杯だったため断念したのだ、と言った。牧野はこの時初めて、父は大工仲間でも、一目おかれた存在だったことを知った。

大工は藤井正次と言った。年齢は父よりは若く感じられたが、それほど変わらないようにも見えた。藤井大工は牧野のK村から車で一時間ほど行った海沿いのR町の出身だった。

「父さんによろしぐ言っといてくれやぁ。その内、訪ねで行ぐがぁ」と大工は言った。

仕事をしている時の藤井大工には、近寄りがたい威圧感を感じたのだが、こうして話している時の藤井には、そういった感じは微塵も無くなり、まるで友達と話している時のような親しみさえ覚えるのだった。

牧野は父が出稼ぎから帰った折に、藤井正次という大工に出会ったことを話した。父は顔をほころばせ、いかにも懐かしいといった表情で、何度も頷くのだった。

牧野は藤井正次という大工に出会い、芸術的な欄間の熟練した技を見て、鮮烈な印象を受けていた。それがいつまでも牧野の心に突き刺さって抜けなかった。父から将来何になりたいか、と問われた時、彫刻家になりたい、と心の底で思った。大工でもなく、欄間職人でもなかった。しかし口に出して言えなかった。牧野の思いは芸術的な彫刻作品を手掛けてみたい、ただそれだけだった。それが出来るのは、彫刻家だ、と漠然と思っていた。しかし、そう思っても彫刻家とは一体どういった仕事をするのか、よく分からなかったのである。

牧野は父の問いに対して、どう返答していいか分からず、思い惑ってうじうじしていた。

「富男、そんなに真剣に考えなくていいがぁ。ちょっと聞いでみだだけだぁ。まだまだぁ、富男の人生ぁこれがらだぁ」

父は目を細めて言ぅのだった。

3

それから数年ほど経ち、牧野は中学生になっていた。父の出稼ぎ仕事は、一段と忙しさを増していた。家に留まり、ゆっくり休んでいる期間は、盆と正月のそれぞれ一週間程だった。それ以外にも何回か家に帰って来ることもあったが、二、三日留まるだけで、また慌ただしく出て行くといった繰り返しだった。いわゆる盆と正月以外は、ずっと出ずっぱりのようなものだった。

牧野が中学生になった頃から、父は牧野の将来のことを口にするようになっていた。牧野が小学生の頃、父に将来何になりたいか、と問われて、牧野は答えられなかったのだが、彫刻家になりたい、という漠然とした思いは中学生になっても変わらなかった。しかし、それは漠然と考えているだけで、強く志している、という訳ではなかった。漁業か、農業か、あるいは出稼ぎか、といった極めて就業する場所が限られる地方の田舎町では、彫刻家はあまりにも、現実離れしていた。

父は中学生になった牧野に、将来何になりたいか、と具体的なことを聞くことはしなかった。代わって牧野の中学卒業後の進むべき道について、父の考えていることを語るのだった。

「富男にぁ、もっと上の学校さぁ行って、しっかりした仕事に就いでもらいでぁ。まずぁ、M高校に進学するごったぁ。富男ならぁ大丈夫だぁ。先生もそう言ってるしなぁ」

父は囲炉裏で晩酌のコップ酒を口にしながら、にこやかな表情で言ぅのだった。M高校は遠方の市街地の有名進学校のことだった。父は帰ると決まってそういう話をした。

牧野は父のそうした話を聞くに及んでも、何の実感も持たなかった。自分の将来に、おぼろげながら一本の線が引かれた感じはあったが、それによって日々の生活が、変化したかというと、まったく変わることもなく、相変わらずのんびりしていた。

父の話は時によって、自らの大工仕事に及ぶことがあった。

「富男、いいがぁ、間違っても大工なんかになるんじゃねぇぞ。大工ぁ大変な仕事だぁ。生半可な気持ちじゃできねぁ仕事だぁ」

父はこう前置きして、生業としている大工仕事を、否定するような話をし始めるのだった。

大工仕事は、高い所の作業が多いので危険この上ない。酷暑、酷寒ともなれば注意の散漫から事故になることもある。事実、大怪我をして現場に復帰できない職人を幾人か見ている。重い木材の扱いで力仕事も多く、大工職人には腰痛持ちが多い。休日返上の仕事が続くこともある。出稼ぎとなれば長く家を空けることにもなる。大工仕事は辛い仕事だ、などと晩酌の酔いの気分を滲ませながら語るのだった。

父の話はさらに続くのだが、今度は大工仕事の粗野で泥臭い話しから、一転して大工職人に求められる能力や心構えといった、至って理念的で前向きな話しを、何も分からない牧野を相手に熱く語るのだった。

大工仕事には、体力はもちろんのこと、技術力と創造力が必要だ。木材を組み立てる技能や知識がなければ大工仕事は務まらない。諸々の道具を使う手先の器用さも必須だ。さらに棟梁ともなれば、大工職人をまとめる管理能力も要求される。それだけに日々の自己研鑽が絶対欠かせない。精神面でも体力面でも、常に健全でなければならない。それには徹底した自己管理が必要なのだ、といった調子だった。そして父は最後に話を締め括るように言うのだった。

「人がぁ、代々何十年となぐ生活し、家族共々に人生を送って行ぐ家を、大工職人として、丹精込めで造り上げ、そして施主がらぁ、感謝されだ時の喜びぁ、何ものにも代えがでぁもんなんだぁ。たったそれだげのために、大工やってるようなもんだなぁ」

そんな話をした翌日の早暁、父はそそくさと出稼ぎに出て行き、また何ヵ月間か戻って来ないのだった。

牧野は中学二年時の正月を迎えていた。いよいよ春から三年生になって、翌年早々にはM高校の入学試験を受けなければならなかった。のんびりしていた牧野も、いよいよ本格的に受験勉強に取り組まなければ、という気持ちになっていた時期だった。

父が正月休みで出稼ぎから帰って来ていた。正月三が日が過ぎたばかりのある日の朝、朝飯を終えた父が牧野に言った。

「富男、今日ぁ天気ぁいいがらぁ、浜さぁ出でみねぁがぁ」

出稼ぎ仕事で忙しい父が、ゆったりした気分に浸れるのは、正月くらいだったが、砂浜に行ってみよう、と父の方から、声を掛けてくるのは、久しいことだった。

「うん、いいよ」

牧野は答えてから、父と砂浜に行ったのは、いつ頃のことだったろうか、と考えていた。

父と砂浜で遊んだ記憶のほとんどは幼い頃の夏の海だった。父と一緒に波打ち際で砂に穴を掘って池を作り、砂を盛り上げて小山を作った。波の寄せる浅瀬で父の手を握って、バタ足の練習もした。砂浜に立って、海面に舞い降りては飛び立つカモメをいつまでも眺めていたこともあった。海のそばに住み、特別に海を意識したことはなかったが、断片的に様々な記憶が甦るのだった。

砂浜は牧野の家から三〇分ほど歩いたところにあった。海岸から丘陵地の間のわずかな平地に、田地がなだらかに伸びていて、両側の丘陵地の裾から高台に向かって家々が点在していた。牧野の家は田地が丘陵地に回り込むように入り込んだ山裾にあった。海岸まではやや距離があり、海が見えないという距離ではなかったが、海は山影に隠れて直接見えなかった。

父と牧野は家を出た。牧野は冬の凛とした冷気にも、陽射しの清々しさを感じながら出掛けた。牧野はほとんど来ることのない冬の砂浜の海岸に立った。晴れ渡った冬の海岸で見る景色は、夏のぎらぎらした油絵のような景色と違って、空も海も砂浜も遠くの岬も、薄く淡い色彩に染まった水彩画のような景色だった。いつも通りの穏やかで静かな海岸だったが、なぜか牧野は初めて目にする海岸のような気がした。降り注ぐ陽射しは爽やかであっても、冬の寒気を強く感じる景色だった。

海は青く淀み、湖面のように凪いでいた。父と牧野は波打ち際を歩いた。波打ち際は密やかで波ひとつなかった。遠くでカモメの声がしていた。弧を描くように広がった砂浜を二人はしばらく歩いた。牧野は立ち止まって歩いた波打ち際を振り返った。二人の足跡が海水の浸みこんだ灰色の砂地に、点線となってくっきりと続いていた。父も立ち止まった。父は海にしっかりと向き直って言った。

「富男、海ぁ広いなぁ。水平線見でるど、晴々するがぁ」

父は冬日に煌めく水色の海をしばらく眺めていた。牧野も父の横に立って海を眺めた。

「富男、仕事ぁうまぐいがねぁ時にぁな、この海、思い起すんだよ。そうすっとねぇ、どういう訳がぁ、いい考えぁ浮がんで来てなぁ。帰った時にぁこうして海岸さ来て、海の顔ばぁ、見でおぐのさぁ」

今まで牧野には分からなかったが、父は出稼ぎから帰ると、一人でこうして海岸に来て海を眺めていたのだ。牧野は父の繊細な一面を見たような気がした。

二人は砂浜の端まで歩いて来ていた。砂浜は岩石の散在する海岸に変わっていた。その先は岩だらけの磯の海岸だった。

「岩に腰掛けるべぁ」

父はそう言って赤茶けた傍らの平べったい岩を指差した。二人は岩の上に並んで腰を下ろした。晴れ渡った冬の朝の水色に染まった空と海の雄大な景観を、二人はしばらく眺めた。遥か遠い水平線が淡く光り、空と海の美観を応分に取り成していた。

牧野は、何と爽快な眺めだろう、と思った。牧野の想う冬の海は、冷たく吹雪く、暗い灰色の海だった。それ故に牧野は、冬の海には関心を持たなかった。しかし、冬の海の壮大な眺望に接して、遊び戯れる海は夏の海で、美観の海は冬の海かもしれないと思った。父は目の前の景観を胸に刻み込むように、両膝に両手を置き、背筋を伸ばし、かしこまった姿勢で身動きせずに海を見ていた。

二人はしばらくそうしていたが、牧野は一度父に聞いて見ようと思っていたことを、ふと思い出した。それは、父がなぜ大工職人になったのか、ということだった。

牧野が小学生だったある時のこと、村の長老が牧野に言ったことがあった。

「おめぁの父さんはなぁ、学校の頃ぁ頭ぁ良くて、先生も敵わねぁがったんだぁ。皆から神童と噂されだもんだがぁ」

牧野はそういった話を聞くのは初めてだった。父も母も一度も、そんなことを口にしたことはなかった。そんな父が、なぜ大工職人になったのか。他に行く道がいくらでもあっただろうに、と思ったのである。

「父さん、なんで大工になったぁ？」

父は微笑みながら、しばし黙していたが、昔に思いを馳せるかのように大きくため息をついて「いろんなごどぁ、あったなぁ」と言った。そして父はゆっくりと語り出した。

父には三人の兄と二人の姉がいた。父は末っ子だった。三人の兄は共に第二次大戦に出征し、南方で戦死していた。末弟だった父は、直接戦地に赴くことはなかった。父は学校の配属将校だった叔父の勧めで、陸軍の教育総監部所管学校の一つである、陸軍兵器学校を受験し、難関を突破して入学した。相模原の淵野辺にある本部校舎で、父は機工科第五区隊に編入され、教科教育と実技訓練を受けていたが、昭和二十年四月に広島分教所に移動したのだった。広島に移ってからは、ほとんど授業らしい授業はなく、毎日、訓練と作業だけだった。この頃になると、日本の戦局は過酷さを加え、太平洋と南方の島々は完全に敵の手に落ち、本土空襲も激しさを増していた。

父の機工科第五区隊が、大阪府堺市のK鉄工所で工場実習をしていた八月七日のことだった。「昨日、広島に新型爆弾が投下され、大きな被害が出ているらしい」との報が入ったのである。たったそれだけだった。何も分からなかった。第五区隊には何の指令もなかった。大阪の空襲の頻度は増すばかりだった。父たちは実習を続け、空襲のたびごとに防空壕への出入りを繰り返していた。やがて八月十五日、大詔が渙発され、終戦となったのである。

直ちに、第五区隊は広島の分教所に帰校したのだったが、変わり果てた広島の街に驚愕し、降り立った駅頭に、全員がただ茫然と立ち尽くすのみだった。瓦礫の原と化した街並みに、裸にされたコンクリートの建物があちこちに突き建ち、至るところに焼け焦げた黒い木々が、苦悶の姿を天に向けていた。駅から分教所のある江波までは約二キロほどだった。広島駅から隊列を組んで分教所に向かったが、地獄絵図のような陰惨な光景が続いた。積み重なった瓦礫から、絶えず異様な臭いが漂い、時折黒い遺体らしき姿が覗いた。隊列は川沿いを歩いた。川の淀みに、破れて焦げ付いた衣服をわずかに纏った、焼けただれた何体かの腐乱遺体が、処理されずに塵芥に交じって漂っていた。

そんな修羅場にも、八月の炎熱の強い日差しは、容赦なく降り注いでいた。父は歩行しながら、焦土の向こうに、夏雲が湧き上がる緑に輝く峰々を見た。

青と白と緑の光彩が、眩く父の心中を覆い包んだ。何と穏やかでのどかな光景だろう、と父は思った。同じ現実でありながら、これほど対照的な事があっていいのだろうか。現実はあまりにもむごすぎる。父の胸に様々な思いが去来していた。行進しながら父の目に、涙が止め処なく流れた。

「第五区隊が解散して、広島がらぁ帰省の途についたのぁ、八月二十五日だった。妙なもんでなぁ、敗残兵としての後ろめださがあったんだなぁ。それが故郷に近ぐなればぁなるほど、強ぐなってなぁ、真っ直ぐ家さ帰れながったのさぁ」

父は笑みを浮かべて懐かしげに言った。父は、先ず故郷に近い友人の家に数日留まり、気持を落ち着かせてから、日数を掛けて家に帰ったのだった。

「何も、寄り道なんかしねぁで、真っ直ぐ家さ帰っても良がったのさぁ。戦争に負げだがらってぇ、敗残兵を咎めるような人ぁ、誰もいねぁのになぁ。

今ぁ思えば滑稽な話だがぁ、その時ぁ真剣にそぅ思ったんだよ」と言って父は静かに笑った。

兵器学校での体験は貴重なものだった。内燃機関の実技訓練，冶金、鍛工、焼き入れ研磨、電気、基礎工学、旋盤、鋸盤、穿孔盤などの技術は、空襲から逃げ惑いながら、まさに身を呈して体得した技能だった。これら実践で学んだ確たる技能は、身に付いた特技であり、何でもできるという自信はあった。しかし、復員してからは敗戦による後遺症によって、すっかり虚脱感に襲われていた。何をするでもなく、家で漫然と日々を過ごしていた。無気力の状態がしばらく続いた。その間に、役所勤務や代用教員といった話もあったが、すべてを断っていた。空っぽになった気力を回復させるには、充電期間が必要だった。やがて、少しずつ生気も戻り、仕事のことを考え始めた頃のことだった。

戦死した長兄の友人だった松本という家から、是非仕事を手伝って欲しい、と言って来たのである。長兄の友人の名は淳一と言った。淳一は長兄とは同級生で、互いに家を行き来するほどの気心の知れた者同士だった。

淳一が家に遊びに来た際に、父も幾度か言葉を交わしたことがあった。淳一の物静かで落ち着いた、淀み無い物言いは、明晰な頭脳の持ち主という印象を受けた。その淳一もマリアナ諸島の激戦で戦死していた。

松本家は大工一家だった。松本家は明治時代初期の頃から、代々気仙大工として、屈指の腕を振るってきた家だった。気仙とは、もともと岩手県沿岸南部の地域名で、これに住む大工たちが地方に出稼ぎを繰り返し、寺社建築や日本家屋の家づくりに、江戸時代の頃から力を発揮して来たのだった。

父はこの仕事話が舞い込んだ時、何か因縁めいたものを感じた。父が復員してから直ぐに、役所勤務と代用教員の話があったのだが、まったく関心が向かなかった。ちょうど気持ちが立ち直り掛けていた時期に、この話が飛び込んで来たのだった。

話は長兄の友人だった淳一の家からだったこと、この地を発祥とする気仙大工が、日本の伝統建築を支えてきた価値ある歴史を父は熟知し、地元民としての誇りと興味を感じていたこと、そして何よりもこの話は、長兄の導きであるような気がしてならなかった。父に断る理由は何もなかった。父は大工になることを決意していた。母は、何も大工をしなくてもいいではないか、と言って反対したが、父はすぐさま棟梁のところへ行って、弟子入りを承諾してしまったのである。

「縁とぁ不思議なもんだぁ。まさがなぁ、兄ぃの友だちだった淳一さんの家で、働ぐごどんなるどはなぁ。兄ぃも淳一さんもあの世で笑ってんだべなぁ、とその時ぁそう思ったもんさ」

父はそう言って表情を緩めた。

牧野は父の話を一つ一つ頷きながら聞いていた。父が大工職人になったのは、偶然の連続だった、と思いつつも、縁の不思議さを感じないわけにはいかなかった。父は話し続けた。

松本家では、大工職人を数人雇っていた。淳一の父親が棟梁だった。腕利きの棟梁だったが、仕事には殊のほか厳しく、決して妥協を許さない人だった。そのため職人の中には、付いて行けずに、途中で辞めて行く人も幾人かあった。一方で、丁寧でしっかりした仕事をしてくれる棟梁という評判で、仕事の依頼は引きも切らなかった。いずれは息子の淳一に跡を継いでもらう予定だったようだが、それも叶わぬ夢となってしまった。淳一を失ったことで棟梁はしばらく失意の底にあった。しかし、仕事は待ってくれなかった。棟梁はいつまでも戦死した息子のことを悲しんでばかりもいられなかった。

淳一ばかりでなく、若い大工職人を戦争で失い、働き手が不足していた。先ず、人を雇い入れなければならなかった。この時、棟梁は淳一の友人の弟が復員していることを人づてに聞いた。棟梁はその弟が学生時代、神童とうたわれるほど優秀だったことを噂で知っていた。それは淳一からもたびたび聞いていた。難関だった兵器学校に入学したことも人から聞いていた。大工の経験の有る無しは、問題ではなかった。身元は申し分なく、これだけの素地があれば、立派な大工職人になること間違いなし、と確信した棟梁はさっそく手を打ったのだった。

「棟梁ぁ、噂にたがわず仕事にぁ厳しい人だったぁ。小柄でいい人だったが、仕事になるど、人ぁ変わったようになって、いっつも眉間にしわぁ寄せで、難しぃ顔してなぁ。軍隊も厳しがったがぁ、それどぁ違ったぁ厳しさだったなぁ」

数羽の浜千鳥が、何かをついばみながら、忙しそうに波打ち際を歩き回っていた。どこか遠くでカモメが鳴いていた。

「今ぁ思えばぁ、棟梁のおがげで、仕事のごどぁもちろんだがぁ、人どしてのイロハも教わったような気がするなぁ。学校でなんぼ優秀だぁ言われだって、まったぐの青二才よ」

父は相変わらず姿勢を正し、きっちりと海を見据えながら話した。

「棟梁の言ってるごどぁ傍から見ればぁ、無茶言ってるようにも見えだがな、すべてが正論だった。正論だげじゃ世の中ぁ生ぎで行げねぁ、と言う人もいだがぁ、正論が人の考え方の支柱になってなげりゃ、だめなんだなぁ」

父の声に力が入ってきた。牧野はまた父の説教が始まったと思った。牧野が中学生になってから父の説教は多くなっていた。出稼ぎに出ている日数の方が多い父は、家に留まっている短い間に、できるだけ多くのことを牧野に伝えようとしているように思えた。そして、それを性急にやろうとしているようにも見えた。

霞みのような薄い雲が空を覆い始めていた。陽射しは次第にぼんやりとした淡い光に変わり、海は徐々に空の色に同化して行った。少し寒さが増してきているようだった。牧野は腰掛けている岩の冷たさを感じて立ち上がった。

「富男、もう帰るのがぁ?」と父が言った。

「いんやぁ。岩ぁ冷たくて腰掛けでらんねぁんだぁ」

牧野はそう言って何気なく腰掛けている父の顔を見た。父も牧野を見ていた。その父の顔が、はっと胸を衝かれるほど、愁いに沈んだ、寂しげな表情に映った。天候が崩れてきたことへの気落ちが、表情に表れたのだろうか、とも思ったが、それだけではないような気がした。

「そう言やぁ、冷でぁなぁ」

やっと岩の冷たさに気付いたように、父も頷きながら立ち上がった。

いつの間にか雲が空を覆い、陽がすっかり陰っていた。海は灰色に染まり、牧野が冬の海として思い描いている情景に、近づきつつあった。冷え込みが一段と強くなっていた。

「天気ぁ悪ぐなって冷え込んでも来たし、帰っがぁ？　もっと富男と話したがったが、しょうねぁなぁ」

父は空と海を恨めしそうに眺めながら、いかにも残念といった表情を浮かべた。すでに父の沈んだ表情は消えていたが、愁いを含んだ父の顔は牧野の脳裡から消えることはなかった。

冬の穏やかな日は、その日を境に白濁の雲が空を覆い、陽射しの届かない、冷え込みの厳しい日が数日続いた。冬枯れた寒々しい大地に時折雪が舞った。三が日が過ぎると、父は次の出稼ぎの準備に取り掛かった。のんびりしていた牧野も、いよいよ受験勉強に取り組まざるを得なくなっていた。

二日後、雪が静かにちらつく、夜明け前の青白く沈んだ寒い朝に、父は出稼ぎに出て行った。出稼ぎ先は山梨県のS町だった。牧野は母に起こされて、母と玄関で出て行く父を見送っていた。父は玄関を出て、庭先から道に出る角の手前で立ち止まり、振り返った。

小雪の舞う、まだ明けやらぬぼんやりとした薄暗さの中に、振り返った父の顔を見て、牧野の心は騒いだ。海岸で垣間見た時と同じ、父の寂しげな悲哀に満ちた表情を見たからだった。出稼ぎに出れば、少なくとも数ヵ月間は家に帰ることのない父の寂寥感が、顔に表れたのだろうと思ったが、この時も何か釈然としないものを感じた。しかし、父の表情はたちまち笑顔に変わり、玄関で見送る二人に向かって、軽く会釈の手を上げ、そのまま急ぎ足で庭先の角を曲がって出て行った。牧野はしばらく開けっ放しの玄関にぼんやり立っていた。

「富男、何してんだれ。早ぐ玄関閉めで中さ入れや。風邪ぇ引ぐがぁ」

さっさと中に引っ込んでいた母が、牧野に気付いて声を掛けた。牧野は薄明るくなり始めた鈍色の空を見上げた。陰うつな空から小雪が戸惑いがちに舞い落ちていた。夜明けの青白い光に包まれていた一帯が、明るさを増し、うっすらと雪の降りかかった景色を、白く浮かび上がらせていた。

4

牧野は中学三年生となり、すでに一学期も半ばを過ぎていた。しかし、一向に受験勉強に身が入らなかった。時代は集団就職の盛りの頃だった。所得のそれほど高くない地方においては、高等学校に進学させる余裕のない世帯が多く、牧野の中学校でも卒業すると、集団就職やその他で仕事に就く者の方が大半で、高校に進学する生徒は少なかった。進学する生徒においても、受験の容易な近隣の高校に進み、費用の掛かる都市部の進学校を目指す生徒は一人もいなかった。それ故に周りの生徒は皆のんびりしていて、切磋琢磨しながら意気に燃え、受験勉強に取組むという雰囲気からは程遠いものがあった。

そんなある日のこと、昼休みが終わり、午後の授業が始まって直ぐのことだった。教室の戸口に用務員の爺さんが立って先生を呼んだ。先生は戸口で爺さんと何かを話をしていたが、やがて先生は深刻な表情をして牧野を呼んだ。

「牧野、今すぐ家さ帰れ。父さん、仕事先で怪我したそうだ」

先生が言ったのはたったそれだけだった。出稼ぎに出ている父が怪我をしただけで、家に帰れとはどういうことだろうと思った。牧野は嫌な予感がした。本当のことを言っていないのではないかという気がした。

牧野が家に帰ってみると、母が泣き腫らした顔で囲炉裏端に座っていた。囲炉裏には、近所や親戚の人が数人、沈痛な面持ちで集まっていた。母が学校から帰った牧野に気付くと、腫れぼったい、憔悴しきった顔を上げて言った。

「富男、父さんが……、父さんがね……」

母は声を詰まらせながら、それだけ言うのが精一杯だった。後は声を上げて泣き伏してしまった。もうそれだけで十分だった。話を聞く必要はなかった。牧野は父に何が起こったのかを察した。牧野は肩掛けヵバンを提げたまま、土間にぽつねんと立っていた。誰も何も言わなかった。母の泣く、搾り出すような声だけが、暗い家の中に物悲しく聞こえていた。

やがて土間に立っていた牧野に、母の兄に当たる伯父がそばに来て、沈んだ声で言った。

「いいがぁ富男、覚悟して聞げよ」と言って、牧野の顔をじっと見詰めてやや間を置いた。そして「父さんがな、死んだんだぁ」とぼそりと言った。牧野はそれを不思議なほど冷静に聞いた。牧野は黙っていた。それは真実に違いなかった。しかし牧野には架空の話のようにも聞こえ、まったく実感が伴わなかった。悲しみの感情さえ湧かなかった。近所の親父が、父が亡くなった時の状況を話してくれた。

父は出稼ぎ先で、崩れてきた木材の下敷きになって死んだ。何事も妥協を許さない父だった。その日、父は木材の材質を自分で確かめるために直接山に出向いたのだった。配下の職人たちは、何もそこまでしなくても、と進言したのだったが、これが棟梁として仕事を請け負った父の信念だった。施主は、これほどまでにこだわりを持って仕事をしてくれる人を見たことがない、と言って父に全幅の信頼を寄せた。父は山の平地に高く積まれた木材を検分している時、突然木材が崩れたのだった。一瞬の出来事だった。父が崩れた木材から救出された時には、すでに事切れていた。

親父は話し終えると言い含めるように言った。

「富男、これがらぁ、おめぁがしっかりしねぁばだめだぞ」

牧野はただ黙って頷いた。訃報を聞きつけた近所の人たちが集まって来て、母に慰めの言葉を掛けていた。母はそのたびごとに泣き出すのだった。近親者たちは、さっそく葬儀などの実質的な話を始めているようだった。

牧野は一人離れて庭に出た。六月に入ったばかりの季節は、梅雨になるにはまだ間があった。庭に群生するアジサイの瑞々しい青色の花を、春の穏やかな陽光が優しく包んでいた。片隅に牧野の背丈よりも高い、大きなツツジが毒々しいほど真っ赤な花を、誇示するように咲かせていた。

牧野は庭の片隅にある石の上に腰かけ、父の様々なことを思い浮かべていた。このところ父がふとした時、何とも言いようのない、寂しげな表情を漂わせることがあった。牧野は気になっていた。これが父の死と何か関わっていたのだろうか。そして、このところの牧野に対する焦りとも思えるほどの説教の多さは、今生の別れを予感してのことだったのだろうか。思い過ごしだ、と思うのだったが、父が不慮の死を遂げた今、まったく繋がりがなかった、とも思えなかった。家の中から母の嗚咽する声が物悲しく聞こえていた。

翌日早朝、母と牧野は近親者数人と山梨県のS町に向かった。S町に着いたのは夜遅くだった。さっそく遺体の安置してある病院に向かった。病院では医師が待っていた。医師は型通りのお悔やみの言葉を言い、遺体安置室に案内した。殺風景な遺体安置室には、打ち覆いの掛けられた父の遺体が、ひっそりと置かれていた。医師は打ち覆いを、顔が見える程度に静かにめくった。螢光灯に照らし出された父の顔は青白かったが、表情は驚くほど安らかだった。

突然母が語り掛けるように声を出した。「お父《ど》さん、お父《ど》さん。何したんだべや、何したんだべやぁー」声はだんだん大きくなった。やがて母は絶叫に近い声を上げ、父に取りすがって泣いた。牧野は男として如何なる場合でも、決して涙を流すまいと心に誓っていた。しかし誰はばかる事なく泣きじゃくる母に、牧野は心を揺さぶられた。牧野はこらえ切れずにしゃくり上げながら泣いていた。

葬儀はS町で密葬を行い、本葬は改めて地元で行うという予定だった。S町での密葬は、密葬という断りだったにも拘わらず、大工職人の他、施主がS町の有力者だったこともあって、意外なほどの参列者があった。宿舎の父の持ち物の整理や病院、葬儀屋など、大工職人たちがすべてを手配し、協力してくれたのだった。母と牧野は悲しみに暮れながらも、S町での予定を済ませ、父の遺骨を抱いて山梨を後にした。

地元の本葬には、大勢の参列者があった。その中に大工職人の藤井正次の顔があった。藤井正次は牧野のそばに寄って来て、悲しみの表情を露わにして言った。

「父さん、本当に残念だったなぁ。気ぃ落どさねぁようになぁ。がんばれやぁ」

藤井はそれだけ言うと、牧野に深々と一礼して帰って行った。牧野は藤井の後姿を目で追いながら、建築現場で欄間の製作に、身を入れて取り組んでいた、藤井の姿を思い浮かべていた。

牧野は父が亡くなったことによって、真剣に考えなければならない問題があった。それは進路のことだった。父は牧野に進学することを勧め、牧野も父の期待に応えられるようにと、事を進めてきたのだったが、父の死によって、進学を断念する必要があるのではないか、と考えたのだった。一家の大黒柱だった父の死は、生活するための収入が、途絶えてしまうということだった。牧野の家にも多少の農地はあったが、そこから得られる農作物はわずかで、ほとんど自給するためのものだった。農作業はすべて母一人によって成され、いくら頑張ったところで、それによって生計を維持することなど不可能だった。牧野は大黒柱の代役を務めるのは、自分しかないと考えていた。牧野は徐々に悲しみが癒えつつあった母に、この話を伝えた。母は大反対した。進学は父の願いだったこと、そして少しは蓄えもあるので、進学するくらいの費用は全く心配ない、と言うのだった。しかし牧野はもう決めていた。父の願いをないがしろにすることは、心苦しいことだったが、母に苦労を掛けるのは、それ以上に辛いことだった。

牧野は父の後を継いで大工職人になることを決断していた。母は牧野の申し出を「父さんに申し訳が立たない」と言って、なかなか容認しなかったが、頑として聞かない牧野に、母も諦めざるを得なかった。

母の承諾を得た牧野の行動は早かった。大工見習いとして師事するなら、大工職人の藤井正次に就きたかった。牧野は藤井正次が受けるかどうかは定かでなかったが、母方の伯父を介して、師事したい旨を願い出たのである。藤井は牧野棟梁の息子さんは責任をもって、立派な大工職人に育て上げる、と言って快諾したのだった。

牧野はかつて建築現場で見た藤井正次の彫刻欄間の熟練した技と美しさに心を惹かれた。その大工職人に師事できることは、牧野にとって至上の喜びであった。そして父が誇りとした、伝統ある気仙大工の精神と技を伝承するために、ひたすら精進しようと決意するのだった。

5

その日、牧野は栃木県のY町に、数人の大工職人と共に棟梁として出稼ぎに来ていた。地元の資産家の依頼で、郊外に伝統的な日本家屋の建築を請け負っていた。職人たちは敷地でカンナやノミ、ノコギリなどの大工道具を駆使し、材木に加工を施す作業をしていた。棟上げはまだ先のことだった。作業場のラジオから歌謡曲が流れていた。午後の仕事も三時の休憩時間に近かった。突然ラジオが緊急地震速報を発信した。それでも職人たちは、特別用心するでもなく、意に介さず作業をしていた。それから直ぐだった。すさまじい音を立てて、地面が動き出したのである。材木に跨ってノミをふるっていた牧野は、荒馬にでも乗ったように、上下に激しく揺さぶられた。経験したことのない大きな地震だった。職人たちは慌てて大工道具を放り出し、揺れる地面に足を取られながら、近くの広場に逃れたのである。地震は恐ろしい地鳴りを轟かせて長く続いた。木や電信柱が音を立てて揺れ動いた。牧野たちは顔をこわばらせ、地面に這いつくばって、辺りを見回すしかなかった。

地震が収まるとラジォは三陸沖を震源とする地震であることを伝え、大津波の注意を呼び掛けていた。その後も大きな余震が幾度となく続いた。牧野は田舎を心配して、何度も携帯で電話をしたが、まったく繋がらなかった。やがてラジォはあちこちで、津波が発生したことを告げていた。牧野の家は海に近かった。牧野は心配だったが、どうすることもできなかった。大工職人のほとんどは三陸地方の出身者だった。ラジォから流れる震災情報に耳をそばだて、家族の安否を気遣いながら仕事を続けた。度重なる余震で仕事はたびたび中断し、なかなか仕事に身を入れることができなかった。

夜になっても電話は通じなかった。テレビは地震後に発生した津波が、家屋を飲み込みながら濁流となって内陸に押し寄せる様子を、引っ切り無しに映し出し、ラジオは避難所に大勢の人が不安な面持ちで避難している様子を、音声を交えながら、臨場感を持って伝えていた。牧野は夜中も定期的に家族に連絡を試みたが、繋がらなかった。

牧野の家族は、牧野の妻、息子夫婦、息子夫婦の子供二人の六人家族だった。牧野の妻は春江と言った。ちょうど六〇歳で牧野より一歳年下だった。数年前から認知症とパーキンソン病を患っていて、体も不自由だったため自宅で療養中だった。息子は邦明と言った。年は三四歳で地元の農協に勤め、地区の消防団員でもあった。邦明の嫁は啓子と言い、邦明と同い年だった。

啓子は五歳の長男翔太と二歳になる長女まゆみの育児をしながら、義母春江の介護をし、可能な範囲で、自宅の農作業もやっていた。

牧野は家族のことが気掛かりだった。収まらない地震と、押し寄せる津波の恐怖に晒されていると思うと、居ても立っても居られなかった。家は津波で流されたとしても、無事に避難してくれることを祈るばかりだった。

翌日も何度か大きな余震があった。牧野は仕事を続けながら、家族や知人の携帯に電話連絡を試みるのだったが、一向に通じなかった。それは他の職人たちも同じだった。

被害の実態が徐々に明らかになっていった。津波の被害は甚大だった。牧野の村落に近いR町は壊滅的な被害を受けていた。海に面した平野に開けたR町だったが、町全体が消失してしまうほどの惨状だった。R町には親戚や知人の家があった。藤井正次もR町だった。皆、無事に避難できただろうか。

現地とまったく連絡が取れない状況に、牧野の不安は増すばかりだった。四日ほど経った頃のことだった。牧野の携帯電話が鳴った。義弟の今村信二からだった。春江の弟だった。今村は牧野のことを「富さん」と呼び、牧野は今村を「信さん」と呼んでいた。

「富さん、こっちゃ大変なごどんなってるがぁ」

今村は開口一番そう言った。今村の声とは思えないほど覇気のない沈んだ声だった。今村は何から話せばいいのか、思い惑っている様子だった。今村によると、牧野の家は流されて何も残っていない、海に近い平地にある家はほとんど流され、家を失った人たちは避難所か、近しい親類の家か、どちらかに避難している、と言った。

「それがらなぁ、富さん……」

今村はそう言って少し間を置いたが、次の言葉がなかなか出てこなかった。

牧野はその時、悪い予感がして、次の言葉は聞かなくていい、話してくれるな、と正直そう思った。やがて今村はうめくような聞き取りにくい声で、妻の春江が遺体で見つかった、とだけ言って声を詰まらせた。牧野は携帯電話を耳に当てながら言葉を失っていた。案じていたことが現実になっている、と思った。

老妻の春江の認知症は初期症状の段階だったが、パーキンソン病は進行していた。手足に震えがあり、動作がひときわ鈍かった。外に一人で出歩くことはできなかった。津波が押し寄せてきた時、おそらく家にいたのだろう。家もろともひとたまりもなく流されたに違いなかった。啓子はその時間帯には、よく町に車で買い物に出ることがあったが、もし啓子が家に居たとしても、二歳になるまゆみを抱え、動きの鈍い春江を介助しながらの避難は、困難を極めるであろうことは、想像に難くなかった。

高速道路は規制が掛かっていて通れなかった。一般道を通ったのだが、遠回りをしたり、渋滞があったりで、丸一日ほど掛かって、やっとR町が見える峠に差し掛かった。そこで牧野たちが目にしたのは信じ難い光景だった。報道である程度は知っていたが、現実はあまりにも残酷だった。町一帯に建物は影も形もなく、瓦礫で覆われた見るも無残な惨状が、一面に広がっているだけだった。皆は車の中で、言葉にならぬ声を発し、峠で車を止めた。そして一面瓦礫となった町を、押し黙ったまま、しばし茫然と眺めていた。

瓦礫の中に一本の道が通って、自衛隊の車両やトラックが砂塵を巻き上げて走っていた。牧野たちは瓦礫の中の道に、許可を得て入っていった。瓦礫の向こうに小高い山々が薄ぼんやりと見渡され、ここがR町だったとはとても思えず、廃墟の世界に迷い込んだような錯覚に陥っていた。瓦礫に混じって冷蔵庫、炊飯器、布団、ベビー人形、三輪車、ランドセルが泥にまみれて埋まり、災害の悲惨さを一層強く印象付けていた。鉄道のレールは曲がりくねり、駅舎がどの場所にあったのか、見当もつかなかった。人間は急に認知を超えた世界に放り込まれると、感情は麻痺してしまうらしい。牧野たちは惨状の真っ只中で、呆けたように辺りを見回していた。

R町を突き抜け、田地の間の道を走った。田地には瓦礫が散乱し、数台の車が波に揉まれたままの格好で転がっていた。海水が引かずに溜まった田地に、無数のカモメが舞い降りて、うるさく鳴き立てていた。

牧野は家のある集落の、砂浜が見える高台の道まで来た。そこから先は通行止めになっていた。海岸沿いの道は波で削られ、車は通れなくなっていた。牧野はここで職人たちに別れを告げ、車から降り、そこから家まで歩くことにした。

高台から見る海は静かに凪いでいたが、曇天の空を映して灰色に淀んでいた。牧野は砂浜沿いの道まで歩いて来た。道沿いに立ち並んでいた数本の大きな松の木は、すっかりなぎ倒され、根を露わにして横たわっていた。砂浜の奥に続く家々は、跡形もなく流され、瓦礫となって四散していた。田地に一艘のサッパ舟が海水に浸かったまま、瓦礫の上で引っくり返っていた。小雪がちらつき始めていた。辺りはひっそりと静まり返り、昼下がりだというのに人の姿はなかった。

　瓦礫の取り除かれた細い道を、牧野は自宅に急いだ。うねったように続いている丘陵地の平地を津波は考えられない高さまで到達していた。山地の側面には数十メートルの高さまで草木がなぎ倒された跡が残り、海藻や藻屑があちこちに張り付いていた。

　家は塵芥の中に掻き消えて、無残にも土台石だけが墓標のように白々と立っていた。牧野は津波に流されて瓦礫だけが残った家跡を見ても、不思議に何の感情も湧き起こってこなかった。牧野は家族との日々を想起するかのように、土台石だけになった家の周りをゆっくりと歩いた。津波が襲った時、春江は家のどこにいたのだろう。啓子やまゆみもいたのだろうか。三月と言ってもまだ寒い。震災の日も小雪が舞っていたらしい。今日も小雪が舞っている。春江は寒がりだった。炬燵に当たっていたのかもしれない。牧野は炬燵のあった場所に立った。そして屈んで冷たい地面をそっと撫でた。牧野は急に胸に込み上げるものを覚え、思わず小雪の浮遊する鈍色の空を見上げた。

春江の遺体は家に安置している、と今村は言っていた。牧野は今村の家に向かった。今村の家は丘陵を二つばかり越した山の中腹にあった。牧野は丘陵地を歩いた。津波の届かない高台にある家々は何の変りもなく残っていた。それは大地震の激しい揺れにも耐えた家ということだった。内陸を走ってきた牧野は、倒壊した家をほとんど見なかった。家の耐震技術の高さを証明するものだったが、自分の請け負った家は、その倍の強さの地震があったとしても、損壊しないのだ、と自負したりするのだった。

牧野は行く道すがら、わずかな高低の差で無傷だった家と、跡形もなく流されてしまった家が、上下に隣り合っているのを見た。牧野はふとある話を思い出した。

三陸沿岸は過去に何度か大津波に見舞われ、そのたびごとに多くの犠牲者を出したのだが、災害が起こった時には、よくあることだと言って、牧野が中学生だった頃、ある老人が語ってくれた話だった。

親しく隣り合っていた家に大津波が襲い、家が流されて犠牲者を出した家と、まったく無傷で残った家とに分かたれた。津波は隣同士の家に、天地ほどの差の境遇をもたらした。被害に遭った家では、どうしてこうなったのか、なぜ俺たちが、とやり切れない思いが沸き起こってくるのだったが、いくら考えたところで納得できる答えが得られるわけでもなかった。ただ運命だとか、不条理な出来事だった、と言って片付けられ、憤懣やるかたない思いを、心の中に燻ぶらせながら、苦難の日々を強いられるのだった。

一方、無傷だった家では、被害者の家に慰めと支援を行うのだったが、被害が大き過ぎて果たして支援になっているのかどうか、余計な世話焼きになっていないか、と思いあぐねて悶々とし、申し訳ない思いから、あからさまに幸せ感も出せず、気遣いと堅苦しさを感じながら生活を続けるのだった。そうしたぎくしゃくした付き合いを続けるうちに、やがて仲違いしてしまうのだ、といった話だった。そういった例は少なくないのだ、とその老人は言うのだった。

牧野は現実に災害に見舞われた今、互いの心情は理解できる気もするのだったが、疎遠になるかどうかは、双方の気の持ち方次第なのだろう、とも思うのだった。

　牧野は今村の家に着くと、表戸を開けて「富男だぁ、今、帰ったがぁ」と言って玄関口に立った。今村は薄暗い家の中で、一人ぽつねんと居間の炬燵に当たってぼんやりしていた。今村は突然帰ってきた牧野に驚き、慌てて炬燵から立ち上がると、玄関口の方へやってきた。

「富さん、よぐ帰ってきたなぁ。大変だったたべぁ」

　今村は牧野に中に入るように手で促した。今村は少しやつれたように見え、表情に生気がなかった。

「春江ぁ奥座敷にいるがらぁ。残念だどもぉ、気ぃ落どさねぁようになぁ。翔太ぁ、今外さぁ、出で行ってる」

　今村はそう言って、すぐさま牧野を春江が安置されている奥座敷の方へ案内した。奥まった部屋の座敷はさらに暗かった。すでに遺体は柩に収められていた。柩の傍らには燭台が置かれ、線香と供花が飾られていた。暗い部屋に置かれた柩は、異様なほど白く浮き上がって見え、春江の魂が、柩ごと闇の空間を浮遊しているのではないか、と錯覚したほどだった。

牧野は柩に近寄り、春江の顔を覗いた。春江は津波に巻き込まれて亡くなったとは思えないほど、美しい顔をして眠っていた。

「二日ほど経ってがらぁ、海岸の近くの山裾で目っかったらしぃんだぁ」今村も春江の顔を覗き込みながら言った。そして今村は、もう少しで逃げ切れるところまで来て、最後のひと波で山裾まで流され、そこで息絶えたのではないか、と言った。

「全身どごも傷んでねぁ。瓦礫を巻き込んだ波に揉まれだらぁ、こんないい顔してねぁものなぁ」

確かにそうだ、と牧野は思った。牧野は春江の顔をじっと見詰めていた。

春江は今にも「お父さん、そこで何してんだべや」と言って起き上がってきそうな気がした。しかし、春江はいつまでたっても動かなかった。牧野は春江の顔を見詰めながら、共に歩いて来た人生を想い浮かべていた。そして、もう春江と永遠に言葉を交わすことがないのだ、と思うと、急に胸がいっぱいになり、牧野は声を殺して泣いた。

今村は妻と二人暮らしだった。今村には三人の息子がいたが、三人とも関東方面に出て会社勤めをしていた。妻の和代は、地元のスーパーでパート従業員として働いていた。そのスーパーも津波で流され、今は震災の様々なボランティア活動に精力的に参加していた。この日もボランティア活動で外に出ていた。牧野はしばらく今村の家に厄介になることにした。今村は炬燵に当たりながら、まだ行方の分からない邦明、啓子、まゆみの話をした。

今村は、三人が生きてどこかに避難しているという望みは捨てた方がいい、と言った。牧野もそんな望みは持っていなかった。行方不明者の捜索は、自衛隊、警察、消防団によって懸命に行われていた。牧野は早く遺体が見付かることを祈るだけだった。

今村は震災の起きた翌日、通信手段が途絶えた中で、春江や邦明たちの安否を確認するため、牧野の家に向かったのだった。海岸通りの道は瓦礫や損壊で寸断され、通れなかった。今村は丘陵のけもの道のような山道を通って、やっと牧野の集落まで辿り着いた。平地に建っていた家は、ことごとく流されていた。牧野の家も押し流され、家跡には何も残っていなかった。今村は家族の誰かが戻るのではないかと、長い間、家跡に留まっていたが、誰も帰らなかった。今村は、皆が避難所に避難していることを念じながら、帰って来たのだ、と言った。

翔太が外から帰ってきた。牧野がいるのを見て少し驚いた様子だった。

「翔太。爺っちゃ、帰ったぞぉ」

翔太は黙って頷いた。笑顔はなかった。牧野は翔太の顔に、表情が無いのが気になった。翔太は大きな精神的打撃を受けているに違いなかった。まだ年端もいかない幼稚園児の翔太だった。それが未曽有の大災害に直面したのである。命の危険を感じ、悲惨な光景を目の当たりにして、祖母が亡くなっていた。そして数日前まで一緒だった両親と妹が、いまだに行方が分からないのだった。正常でいる方がおかしい、と思うのだったが、これから翔太の心身に、どのような影響が及んでくるのか、心配だった。

翌日、牧野はふたたび自分の家に向かった。行方の分からない家族の手掛かりを捜すためだった。翔太を誘ったが、行かない、と言った。集落に行く道は、依然通行止めだった。牧野は丘陵の同じ山道を通った。冷たい北風が吹き、時折小雪が舞った。やっと集落に辿り着き、荒漠とした残骸の道を行くと、田地の淀んだ海水に瓦礫が浸かり、一面に生臭いにおいが湧き立って鼻を突いた。

牧野は家跡の散らばった塵芥の上に立った。牧野はぼんやりと辺りを見回した。何をどうすればいいのか、何をしたらいいのか、牧野はしばし茫然としていた。

ともあれ牧野は一通り家跡の周辺を捜し歩いた。家族に結びつく何かが見つかれば、それで充分だった。鍋、釜、椅子などの生活用品が、流木に交じって四散していた。なおそうしてしばらくの間、牧野は周辺を捜し回ったが、めぼしいものは何も見付からなかった。牧野は家跡に戻って、土台石に腰かけて休んだ。小雪が止んで晴れ間が見えていた。

この家は父が建てた家だった。さすがに津波の力には勝てなかった。木造家屋は地震に耐えられる家を造ることはできても、津波に耐えられる家を造るのは至難の業だった。とは言っても、父の建てたこの家が、どれほどこの津波に持ち堪えていたのか、見たかった、という気がするのだった。

牧野が土台石に腰かけてぼんやりしていると、瓦礫の田地を難儀しながら、こちらに向かって歩いてくる人の姿が目に留まった。牧野は立ち上がって待っていた。矢口という家の細君だった。細君のご主人は邦明と同年代で、同じ農協に勤務していた。邦明とは仲の良い友人同士で、邦明と同じ消防団員だった。細君も自分の子供が、翔太と同じ幼稚園児であり、丘陵地の高台にある畑が両隣りということもあって、啓子とは親しく行き交いしていた。

「牧野さん、大変なごとだったねぇす」細君は来るなり、そう言った。牧野は軽く頭を下げた。細君は春江が亡くなったことへのお悔やみを言い、いまだに行方が分からない三人を案じている、と言った。そして震災の起きた日、主人が邦明と一緒に救助活動を行っていたこと、細君と啓子が同じ高台の畑にいたことなど、その時の状況を知らせするために来たのだ、と言った。細君は話し始めた。

主人は地震発生と同時に、消防団員として職場の農協から、居住地の防潮堤のある海岸に向かった。水門閉鎖から、警戒・救助、避難誘導の活動を行うためだった。普段、職場で働いている消防団員は、車通勤の場合、消防団の帽子、法被などは、緊急の際に着用できるように、と常に車に備えてあった。

主人が水門閉鎖をしている時、邦明が到着して、一緒に水門閉鎖を行った。その後、二人は避難しながら、それぞれの車で、住民を高台に避難させるための避難広報を行っていたが、ある家から寝たきりの主人がいるので助けてほしい、と言って老婆が道路に飛び出してきた。その時、邦明がここは俺がやるので避難広報を続けてくれ、と言って、その老婆と家の中に入って行った。主人はそのまま避難広報を続け、避難所に戻ったが、邦明は避難所にはついに戻らなかった、と言うのだった。そして細君は、続けて啓子のことを話した。

地震の起きる前、細君と啓子は小高い丘の畑にいた。啓子は二歳のまゆみを負ぶっていた。畑は田地を挟んで細君の側の丘陵地にあり、二人は夏野菜の種まきをしていた。その時に地震が起きた。二人は大きな地震に驚き、しばらく言葉を失っていたが、啓子は「家に一人で居る婆ちゃんが心配だ」と言って、まゆみちゃんを負ぶったまま、走って帰ったのだ、と言った。

細君が牧野に語ってくれたのはそこまでだった。そして、無事でいてくれるように安否を心配している、と言った。牧野はわざわざ伝えに来てくれた細君に、感謝の言葉を述べた。細君は牧野に励ましの言葉をかけて帰って行った。

牧野は細君の話によって、所在の分からない三人が、震災の真っ只中で、どのような状況にあったのか、少しは確認できたような気がした。邦明は被災者の救助活動中に殉職したのだろう。啓子はまゆみを負ぶっていた。そして春江を心配して自宅に戻ったのだった。自宅に戻った啓子は、春江を伴って避難している最中に、津波に巻き込まれたに違いなかった。そして春江の遺体だけが見付かったのだ。

牧野と翔太は仮設住宅が出来上がり、入居できるまでの間、今村の家に厄介になることにしていた。牧野は老妻の春江の葬儀を終えると、自衛隊、警察の行方不明者の捜索とは別に、行方の分からない三人を、海岸線などを歩き回って捜した。牧野はそうして一週間ほど捜し回ったが、やがて牧野は翔太を今村のところに預け、中断したままになっていた栃木の出稼ぎ先へ出て行った。その頃から幼稚園児の翔太に、ストレス障害の症状が顕著に現れるようになったのである。

極度に元気が無くなり、頭痛や腹痛をしばしば訴え、夜は暗がりで寝ることを嫌がった。寝つきも悪く、夜中に怖い夢を見たと言って何度も目を覚ました。月日が経つにつれ症状はひどくなり、翔太を預かっている今村はおろおろするばかりだった。

これを聞いた牧野は、すぐにでも帰りたかったが、棟梁として請け負った仕事だった。最後まで責任をもってやり通さなければならなかった。幸い仕事は終わりに差し掛かっていた。翔太にはもう少し辛抱してもらうしかなかった。いずれにしても出稼ぎ仕事は、これが最後だ、と牧野は思った。翔太と二人だけの生活になれば、翔太を仮設に一人置いて、出稼ぎに出ることなどできるわけがなかった。これからは家を空けることのない、近場の仕事だけにしよう、と決意していた。

そんなある日、牧野は震災で亡くなった新聞の死亡告知欄に、藤井正次の名が載っているのを見た。牧野は愕然とした。小学生の頃、建築現場で偶然藤井正次に出会い、それが発端で、牧野は大工の世界に飛び込んだようなものだった。大工職人を志し、藤井正次に師事し、藤井正次から気仙大工としての技と精神を教え込まれた。藤井正次がいたからこそ、大工としての自分があるのだった。藤井正次は八〇歳を過ぎていたが、R町の自宅でほそぼそと木工家具の仕事をしていたのだった。藤井正次の自宅はR町だったが、町の中心部から、かなり離れた丘陵地の高台にあった。今回の津波でも、まずは心配ないものと思っていた。いずれ落ち着いたところで、訪ねて行くつもりだった。震災が起きたとき、R町にでも出ていたのだろうか。牧野は新聞の死亡告知欄を手にしたまま、深い悲しみに包まれていた。

6

牧野が西川老と話しているところに、いきなり田崎先生が入って来た。

「牧野さん、先ほど伺ったんですがぁ、出でいるようだったんで、まだ来あんしたがぁ」

「いやぁ先生、先ほどぁ留守にしていて、申し訳ながったでがんす」

田崎先生は西川老が来ているのを見て、「まだ後にしますかねぁ」と言った。

「いやいや、構わねぁがら、どうぞ上がってくださって」

牧野は傍にある椅子を引っ張り出して、田崎先生に勧めた。

「ところで今日はぁ、二度も来なさって、何だべやぁ」

「いや、翔太くんのことなんです。学校で見る限りストレス障害ぁ、だいぶ良ぐなっているように見えるんですがね。仮設での様子ぁどんなもんでがすかぁ」

「いやぁ、おがげさんで良ぐなってます。もう大丈夫だど思うんでがすがねぇ」

「そりぁ良がった。だども、こういったストレス障害っつうものぁ、長ぐ続ぐらしいんでね。心のケアは、ずっと続げなけりゃ、ならんようですからねぁ」

「翔太ぁ、小学校に上がった頃ぁ、ひどがったですからねぇ」牧野は当時を思い起こすように静かに言った。

翔太が小学校に入学した頃には、幼稚園の頃に見られた症状は、少しずつ改善の方向にあったが、代わって現れた症状は不可解なものだった。何事にも反抗して、些細なことで怒り出し、手当たり次第に物を投げ付けた。突然表情を硬くして無口になり、何を問いかけても一切しゃべらず、ふいに涙を流して泣き出したりした。不思議なことに、牧野の健康状態を大げさなほどに気遣ったりすることもあった。学校では落ち着きがなく、集中力に欠け、呆けたようにずっと考え事をしていることもあったという。翔太のストレス障害の症状が最も重かった時期だった。この頃、同じようなストレス障害を引き起こす子供が、少なくなかったことから、学校にカウンセラーが巡回するようになっていた。ちょうどそんな時期に、田崎先生がこの学校に赴任して来て、翔太の担任になったのだった。ほとほと困っていた牧野は、さっそくどうしたらいいものか、と田崎先生に相談した。

田崎先生は、こうした症状はむしろ正常な反応なので、必要以上に心配せずに、翔太君の痛みを丸ごと受け止め、決して否定せずに、共感しながら心身の触れ合いを増やして、安心感を与えることです、と言った。確かにそうかもしれない、と牧野は思った。

震災が起こった時、翔太はまだ幼稚園児だった。衝撃的な地震と津波に遭遇し、慈愛に満ちた両親と妹は行方が分からず、住み慣れた家は流され、窮屈な仮設の生活を強いられていた。心身に異常をきたさない方がおかしい、と思うのだった。

それ以来、牧野は田崎先生の言葉を忠実に実践してきたつもりだった。それが功を奏したかどうかは分からないが、翔太の症状が着実に良くなっていることだけは確かだった。

西川老は田崎先生と牧野の話を、一つ一つ頷きながら聞いていた。田崎先生は翔太の症状を確認すると、ありきたりな話をして、やがて帰って行った。

「翔太ぁもう心配ねぁべ。直人ど元気に遊んでるがねぇ」

と西川老は言った。

「そう思うんだがね」

「牧さん、翔太もかなり良ぐなったし、いづまでも引きずってねぁで、三人の死亡届ぁ出した方がいいんでねぁがぁ」

牧野はいまだに三人の死亡届を出せずにいた。現実に生きていることなどあり得ないのだったが、骨のひと欠片さえも見付かっていなかった。翔太はいまだに受け入れられずにいた。ストレス障害を引き起こすほど苦しんでいる翔太だった。牧野は翔太の心情を踏みにじるような気がして、死亡届を出せなかったのだが、できる限り翔太の気持ちに寄り添っていたい、という思いもあったからだった。もちろん葬儀などできるわけがなかった。

不意に西川老が言った。

「わしぁ夕方、浜さぁ行ぐんだが、牧さんも散歩ついでに一緒に行がねぁが。

夕涼みするにぁ、いい時期だがね」

「あー、それぁいいね。翔太も行くがどうか聞いてみべぁ」

ちょうどそこへ翔太が遊びから帰ってきた。

「翔太、爺ちゃんたちと夕方、浜さぁ行がねぁがぁ。涼しくていいらしぃぞ」

「行ぎでぁ、行ってみでぁ。直人も一緒に行っていいがぁ」

「ああ、いいさ、いいさ」

子供らは海の近くに住んでいながら、牧野が小さい頃そうだったように、夜の海に行くことなどほとんどなかった。翔太は直人に伝えるために、また外に飛び出していった。

「ところで親爺《おや》っさん。浜さぁ行ぐって、何の用だべやぁ」

「わしぁ震災があってがらぁ、毎年、この日の夕方にぁ、浜さ出でるんだぁ」

西川老はいつになく神妙な表情をして話し出した。牧野は西川老の表情と言い出しから、何か重大な出来事が話されるのではないか、と感じて思わず居住まいを正した。

西川老の家は、牧野たちの砂浜海岸に隣接する岩石海岸から、内陸に伸びた狭い平地にあった。平地には数十戸ほどの人家が立ち並んでいた。家に住んでいるのは、西川老と老妻の二人だけだった。

震災のあった日、西川老は自転車で隣町の病院に、持病の高血圧と糖尿病の薬をもらいに行っていた。老妻はその日、自宅周辺の畑で野菜の収穫や夏野菜用の畝作りをしていた。西川老は薬をもらって病院の玄関を出た時、地震に見舞われた。経験したことない大きな揺れに、西川老は立っていられず、思わず四つん這いになった。病院から患者や看護婦が飛び出してきて、怯えた表情を露わにして辺りを見回していた。余震が続けざまに起きた。余震の頻度と大きさが異常だった。津波が襲ってくることを確信した西川老は、早く家に戻らなければと思い、すぐさま自転車に飛び乗った。家には自転車で一時間は掛かるのだった。丘陵地の道を通ると、余震が起こるたびに、地鳴りと共に、木々の葉がぶるぶると震えた。人家のない海岸に沿った道を走っている時、右手の沖合から津波が横一線に白波を立てて、岸に向かって押し寄せてくるのが見えた。初めて目にする光景だった。

津波は迫ってきていた。西川老は自転車を目いっぱい走らせた。左側は道に沿って切り立った崖が続いていて、逃げ場がなかった。少し走れば丘陵地の坂道を上る道だった。そこまで突っ走るしかなかった。西川老は懸命にペダルを漕いだ。古い自転車だった。自転車は遅々として進んでいないように思えた。必死でペダルを漕いでいるのだったが、疾うに七〇半ばを過ぎた老人だった。傍から見れば歯がゆいほど、のんびり走っているように見えただろう。丘陵地の坂を上りかかった時、津波はごう音を響かせて、海岸沿いの崖に凄まじい地響きを立ててぶち当たった。寄せ続ける津波は、傾斜の急な山地に囲まれた湾内を、行き場を失って逆巻きながら渦巻いた。西川老は小高い丘の上から、予想をはるかに超える、桁違いの大津波に唖然とし、眼下の猛り狂った高波をぼんやりと眺めていた。

　ふと西川老は老妻のことが気になった。家に津波が襲ってくるのは間違いなかった。家は海岸から内陸に二〇分ほど歩いた、海が眺められる場所にあった。老妻は極度に耳が遠かった。畑に携帯ラジオを持って出ることもなく、役所の緊急無線放送が、聞こえるのかどうかも定かでなかった。無事に避難してくれることを祈るだけだった。夕刻になってようやく家に辿り着いたのだったが、家の場所さえ分からないほどに、一帯は瓦礫の野と化していた。人々は避難所に避難しているのか、辺りは不思議なほどの静寂に包まれていた。時折余震が起こった。地面がゆさゆさと揺れ、重なり合ったトタン板が軋んで不気味な音を立てた。鎮まるとまた静寂が戻った。

老妻はどこへ行ったのか。首尾よく避難しただろうか。不安が募った。夕闇が迫り、小雪が舞い始めていた。

西川老は瓦礫が四散する夕闇の中で、しばらくぽつねんと立っていた。と、懐中電灯の光が、瓦礫の中をよろめきながら西川老の方に向かって近づいてくるのが見えた。光が目の前まで来ても、誰であるか分からなかった。光の主が言った。

「爺《じ》っちゃ、どごさ行ってだれ。心配したがぁ」

光の主はやや怒りを含んだ口振りで言った。西川老はまだ分からなかった。

「誰だべやぁ」

「俺だぁ、三郎だぁ」

三郎は西川老の家から、さらに奥に入ったところの家の青年だった。

「あァ、三郎がぁ、どごに居だったれ」

「公民館だぁ。津波ぁ収まったようなんで、来てみだんだがぁ」

三郎は、この地域の人々は皆、高台にある公民館に避難している、と言った。そして三郎は西川老に尋ねた。

「爺《じ》っちゃんごそぉ、どごに居だったべ。婆っちゃんはどうしたべや」

「公民館に避難してねぁが？」西川老は三郎に訊いた。

「公民館にぁ居ねぁがったよ」

動きの鈍い老妻だった。避難所の公民館に居なければ、どこにも行きようがなかった。生存は絶望的だった。老妻はなかなか見付からなかった。震災から五ヵ月余り経った八月も下旬の頃のことだった。砂浜に遺体が上がった。遺体は傷み、一部白骨化していたが、身に着けていた衣服に名前が書かれてあった。老妻の名前だった。

その日が震災から五年五か月余り経った今日なのだ、と西川老が言った。

「わしゃ、婆さまにゃぁ若い頃からぁ苦労ばっかり掛げでぇ、何もいいごどしてやれねぁがったぁ。勝手気ままなぁごとばっかりしてなぁ。随分と辛い思いさせだぁ。稼いだ金もちょっとしか、渡さねぁがったしなぁ」

西川老は遠洋マグロ漁船の船乗りだった。遠洋マグロ漁船は、太平洋、インド洋、大西洋の海が漁場で、一度港を出たら一年から二年は帰ってこなかった。

立ち寄った港では、さんざん女遊びをした。過酷な労働で得た一ヵ月の稼ぎを、わずか一晩でプロの女に巻き上げられたこともあった。船乗りを辞めてからも、女遊びは辞めなかった。それでも健気に尽くす、連れ合いの姿を見た時には、さすがに気が咎めることもあった。結局、金の切れ目は縁の切れ目、女は金が目当てであり、自分の面倒を見てくれるのは連れ合いだけだ、と分かった時、きっぱりと女遊びを辞めたのだった。

「わしゃ、罪滅ぼしのつもりで、毎年この日にぁ、婆さんが上がったこの砂浜さぁ来て、線香上げでんだぁ。馬鹿なぁ話よ。生ぎでるときぁ何にもしねぁで、あの世さぁ行ってしまってがらぁ、こんなごどしたって、何にもなんねぁんだがねぇ」


西川老はしんみりと、そして自嘲気味に言うのだった。


翔太が直人を連れて戻ってきた。

「直人。父さん、母さんがらぁ、許しもらったがぁ」牧野は直人に言った。

「もらったがらぁ、大丈夫だぁ」直人は元気に返事した。

夕暮れ時、四人は連れだって仮設を出た。西川老はやや大きめの、上等な手提げの紙袋を持っていた。紙袋には野に咲いている花が入れてあった。


その日は風もない蒸し暑い日だった。夕方になっても蒸し暑さは変わらなかった。砂浜は刻々と夕闇に包まれ、光の乏しい夜の様相に変わろうとしていた。海は西空の残光を映して銀色に反照し、静止画のように静かだった。日の落ちた水平線に浮かぶ雲は、影絵となって居座り、空は水平線を離れるほどに暗さを増して、中空に広がっていた。西川老は砂浜に着くと、暗いォレンジ色を残しながら暮れ行く水平線をじっと眺めた。

「婆さんが目っかったのぁ、ちょうど今時分でね。たまたま夜釣りに来た人が、目っけだらしぃんだが、津波で私らの家の海岸がらぁ、この砂浜まで流されで来たんだねぁ。よぐまぁ、ここまで流れで来たもんだぁ」

西川老は水平線を眺めながら言った。やがて老人は紙袋から線香の束を取り出し、束を切ってライターで全部に火を点けた。煙は夕闇に溶け込んで見えなかったが、線香の清涼な匂いが周囲に漂った。老人は線香を波打ち際の砂に丁寧に立てると、野から摘んできた花を、手前にそっと置いた。老人はその前に立ち、両手を合わせておもむろに頭を垂れた。老人はそうやってしばらく動かなかった。

日の沈んだ水平線は、まだぼんやりと明るかったが、辺りはすっかり闇に包まれていた。海は暗く淀んで、波は水際《みぎわ》で静かに囁いていた。線香の火が一塊となって、闇に赤々と灯っていた。

長い合掌を終えた西川老が、牧野のそばに来て言った。

「牧さん。今日ぁ翔太と直人ぁ居るんで、焚火でもしべぁ。わしぁ用意してきたんでね。夜の砂浜で静がな波音ぉ聞ぎながらぁ、焚火すんのもいいもんだがぁ」

「そりゃ、いいねぇ。夜の砂浜なんぞで、焚火なんかしたごどぁねぁもんなぁ」

西川老はライターで灯りを取りながら、紙袋から何やら取り出して砂の上に並べた。取り出したのは小さなアルミの急須、四本の生のトウモロコシ、四合びんの酒、紙コップ、焚き付け用の古新聞、そして懐中電灯だった。紙袋によくぞこれほどの物を入れたものだ、と牧野は感心した。これに花と線香が入っていたのである。次から次と物が出てくる様子は、マジシャンの紙袋のようにも思えて可笑しかった。

「翔太と直人。二人で行って、焚火にする木の枝ぁ拾ってこいや。海岸の山すそにぁ、なんぼでもあるがぁ」

西川老は二人に懐中電灯を渡しながら言った。二人は懐中電灯を手にすると、嬉しそうに駆け出して行った。

やがて二人は、両手で抱えるほどの枝木を拾って戻ってきた。さっそく西川老は砂の上に枝木を積み重ね、その中に古新聞を丸めて突っ込んだ。そして古新聞にライターで火を点けると、乾いた枝木は勢いよく燃え上がった。闇の中だった焚火の周りが急に明るくなった。闇に埋もれていた四人の姿が、驚くほどはっきりとした輪郭を描いて浮かび上がった。同時に、焚火から離れた周辺一帯の闇が一層深くなったようにも見えた。

西川老は持参の物で簡単なお膳立てをした。急須に酒を注いで火のそばに置き、トウモロコシの根元に、拾ってきた細長い枝木を差し込んで焚火の周りに突き立てた。

「さぁ、用意ぁ出来だぞ。みんな座んべぁ」

四人は焚火の周りに腰を下ろした。四人はしばらくぼんやりと焚火の炎を眺めていた。焚火の火明かりで、四人の姿が夜陰に浮かび、焚火の揺れ動く炎を映して、陽炎のように揺らいだ。暗がりからゆったりした波音が、穏やかに聞こえていた。西川老は時折トウモロコシをくるりと回し、酒の燗の急須にたびたび触った。

牧野はふと暗闇に淀む海に目を移した。急に焚火から目を移したので、辺りは漆黒の闇となった。ほどなくして辺りが薄っすらと見え、波打ち際に立てた線香が、暗闇で仄かに赤く灯っていた。海は真っ暗だった。暗い空に星屑が、鈍い光を放って見えていた。海と空を分かつ水平線も、どこか分からなかった。じっと目を据えると、海は純黒の黒色で、空はわずかに青みを帯びた黒だった。その境が水平線だったが、ひょいと目を離すと分からなくなった。見えるはずの岬も、闇に溶け込んで見えなかった。

「さぁ、トウモロコシぁ焼げだぞぉ。翔太、直人、食えや」

西川老は翔太と直人に、木に差したトウモロコシを差し出した。トウモロコシの香ばしい匂いが辺りに漂った。

「わぁ、旨《うめ》ぇ」二人はかじり付きながら声を上げた。

「牧さん、婆さまの供養だど思って、飲んでもらいでぁがぁ」

西川老は紙コップに、燗をした酒を注いで牧野に渡した。

「親爺《おや》っさん、ありがだく頂ぐよ」

牧野は死んだ父と違って、飲めない方ではなかった。

「今日ぁこうやって、牧さんや翔太や直人ぁ来てくれでぇ、婆さまぁ喜んでるど思うよ」

が、西川老はそこまで言うと、焚火の火に目を遣ったまま、急に口を噤《つぐ》んでしまった。牧野は老人に老妻の想い出が甦り、込み上げるものがあって、黙してしまったのかと思った。老人はしばらくそうしていたが、おもむろに口を開いた。

「牧さん、翔太ぁ、ごめんなぁ。これがぁ爺《じ》っちゃの悪いどごだぁ。いまだに無神経で気が利かねぁ、どうしようもねぁ爺《じじ》ぃだぁ」

牧野は何のことか分からなかった。

「親爺《おや》っさん、何の話だべや。何のごっだがぁ一向に分がらねぁ」

「いんや、そうでねぁ、なぁ翔太ぁ。翔太ぁ分がってる。わしの婆さまぁ目っかったども、翔太の父さんも母さんもまゆみちゃんも、まだぁ目っかってねぁんだもんなぁ。翔太ぁ、ごめんなぁ」

翔太は焚火の火を見詰めて、しばらく黙っていたが、やがて顔を上げ、笑顔で大きく頷いた。西川老も翔太を見詰めて何度も頷いた。

翔太は震災の日の、父と母とまゆみのことを思い浮かべていた。震災が起きた日は、翔太が父と母とまゆみの三人と、永遠の別れになった日だった。翔太は幼稚園児だったが、この時の朝のことを翔太は鮮明に覚えていた。

その日の朝、翔太は父と母、そして母に抱かれたまゆみに見送られて、家の前に来た幼稚園の送迎バスに乗った。父と母は翔太に向かって手を振った。翔太もバスの中から手を振った。いつもの日のことだった。バスが走り出した時、母が慌てて何かを言った。翔太は母が何を言ったのか分からなかった。

家に帰ったら母に聞こうと思った。しかし、これが父と母とまゆみとの今生の別れとなってしまったのである。

この時の手を振る父と母の笑顔と、まゆみのあどけない顔が、翔太の脳裏に焼き付いて離れなかった。そして母があの時、手を振りながら何を言ったのか、何を伝えたかったのか。これが翔太の幼心に、くっきりと刻み込まれた記憶だった。そしてこの記憶が、事あるごとに翔太に付いて回って悩ませた。しかし母の居ない今では、母が何を伝えようとしたのか、あれこれ推測することしかできず、翔太にとって永遠に答えの得られない、心に残る出来事となっていた。しかし翔太は今、母が何を言ったのかは問題ではない、と思った。それは、翔太を案ずる母の言葉であることだけは間違いない、と確信したからだった。

父ともっと遊びたかった。母には甘えたかった。まゆみの手を引いて歩きたかった。震災の日を境に、境遇がすっかり変わってしまっていた。たった一日で、なぜこうなるのか。五年以上経った今でも、さっぱり分からなかった。天災なのだ、諦めが肝心、と誰もが言う。それは分かるのだったが、心情的には決して受け入れられるものではなかった。

静かな闇夜の砂浜だった。波は寝入ってしまったかのように静かだった。波打ち際の線香は燃え尽きたらしく、闇に閉ざされて見えなかった。漆黒の空に星が微かな光で瞬いていた。四人の囲む焚火は、篝火のように一点の灯りとなって、暗夜の浜辺に浮かび上がっていた。

西川老が焚火に、枝木を継ぎ足しながら話し出した。

「この三陸海岸つうどごぁ、昔がらぁ何度も津波に見舞われでなぁ。明治の頃にぁ、二九年の明治三陸地震の大津波、昭和でぁ、昭和八年の昭和三陸地震の大津波、昭和三五年のチリ地震津波、そして今度の大津波だぁ。そのたびごどに家ぁ流されで、大勢の人ぁ亡ぐなって、皆ぁ嘆ぎ、悲しんでなぁ。私らぁ何がぁ悪いごどでもしたがぁ。こんな辛い目に遭うのぁ、もうたくさんだよ」

西川老は悲しみとも怒りともつかない、押し殺したような口調で話した。そして老人は、津波の恐ろしさと、自らが得た教訓を、翔太と直人に話し続けた。

だいぶ時間も過ぎていた。焚火に燃やす枝木も残りわずかだった。砂の上に長い時間座っていた牧野は、足の運動に少し歩こうと思った。牧野は話し続ける西川老をよそに、立ち上がって暗い波打ち際に向かった。暗闇に目が慣れると、岸を洗う波のゆったりとした動きが仄かに見えた。牧野は闇の海に目を遣った。海は暗夜の底に黙然として身を潜めていた。と、波打ち際からさほど遠くない海面が、ぼんやりと青白く光っているのが見えた。牧野は目の錯覚かと思った。しかし、青白い光は次第に明るさを増し、ゆるゆると動きながら徐々に広がっていった。光は海の底から湧き上がっているように見えた。青白い光はさらに広がり、暗闇の海に、はっきりと浮かび上がった。暗い夜の海面が青く光っている。海沿いに住んでいながら、牧野は初めて見る光景だった。何が起きているのか。牧野はさっぱり分からなかった。これが心霊現象なのか。現実主義者の牧野にとって心霊現象など有り得べきことではなかった。牧野は星空の関係ではないかとも思い、暗い空を見上げたが、先ほどまで微かに見えていた星は、雲が出ているらしく、闇に閉ざされて何も見えなかった。

辺りは深い闇に包まれていた。漆黒のベールに覆われた闇の底で、焚火の灯りと青白い光だけが、呼応し合うように光明を放っていた。青白い光はさらに広がっていった。

「何という光だべやー」

牧野は放心したように口ごもりながらつぶやいた。暗い天空に浮かぶ優美な銀河が、目の前の暗い海に顕現し、海面を浮遊しているのではないか、とさえ思った。崇高な感じさえ起こさせる神秘的な青白い光の美しさに、牧野は激しく心を揺さぶられていた。焚火を囲んでいる三人に知らせるのさえ忘れていた。

西川老は二人に一通り話をし終えると、「最後に一つだげぇ伝えておくべぁ」と言った。

「おめぁだち子供たちぁ、この三陸海岸で育ったものどして、津波の恐ろしさっつものぉ、ずっと伝えで行がねぁばなんねぁ。おめぁだちにぁ、そういう役目ど責任があるっつごどぉ、忘れでぁなんねぁ。これぁ大事なごとなんだぁ、いいがぁ」

　二人は西川老の顔を見詰めて大きく頷いた。ちょうどその時、波打ち際から三人を呼ぶ牧野の声がした。

「親爺《おや》っさん、翔太、直人、来てみろやー」

　三人は声のする方を見たが、牧野の姿は闇夜に包まれて見えなかった。

「何だべ、どこだべやー」

　西川老は立ち上がって声のする方に歩いた。翔太と直人も続いた。三人は暗闇に目が慣れないままに歩いた。やがて三人は闇の中に、牧野の輪郭がぼんやりと見えた時、その先に黒々と沈んだ海の一角が、仄かに光っているのを見た。

「わぁ、これぁ何だぁ、何の光だぁー」

　翔太も直人も驚嘆の声を上げ、光に目を向け立ち尽くした。しばらく四人に沈黙の時間が流れた。

不意に西川老は落ち着き払った声で言った。

「これぁ海螢だぁ。この辺りの海で見られるっつぅのは、珍しぃごったぁ。昔、青森のどっかの砂浜で海螢の光ばぁ、見だっつぅ話、聞いだこどぁあっとも、この三陸海岸辺りの砂浜でぁ、そう見られるもんでねぁ。それに、この光の大きさど言い、強さど言い、ながながのもんだぁ」

そう言いながら老人は、暗闇の海に怪しく光る海螢をしばらく眺めていた。

「最後に海螢、見だのぁ、いづ頃だったべがなぁ」と言って西川老はまた話し出した。

「インドネシアのバリ島の補給基地さぁ寄港した時の海螢も見事だったがぁ、この海螢ぁ見劣りしねぁ。見事なもんだぁ」

老人はまた静かになって海螢に見入った。しばらくして老人は、ふと気が付いたように、翔太と直人に向かって言った。

「翔太と直人に、海螢ど夜光虫の違いっつものぉ、教えでおぐべぁ」

西川老はそう言って、海螢を眺めながら話し続けた。

海螢と夜光虫は同じように青白く光るため、よく間違われるのだという。夜光虫はプランクトンで別名赤潮と呼ばれていること、海螢はきれいな海の砂浜に住む生物で、エビやカニの仲間であること、夜光虫の光はすぐ消えるが、海螢の光はしばらく消えないのだ、と言った。そしてこうも言った。

「海螢ぁ、海の掃除屋とも呼ばれでなぁ、昼間ぁ砂に潜っててんだがぁ、夜になるど泳ぎ出して、魚の死骸なんか食べでんだぁ」

翔太と直人は暗闇に光る海螢を目にしながら静かに聞いていた。牧野も、西川老は元船乗りだけあってよく知っている、と感じ入って聞いていた。

四人は時間を忘れて海螢の青白い光を眺めていた。焚火の火はすでに消えていた。暗闇の海面に、海螢の青白い光だけが、ゆらゆらと意味ありげに漂っていた。

と、青白い光が一瞬、強く輝いたように見えた。同時に、牧野ははっきりと分からなかったが、青白い光から何かの暗示を受けたように思った。青白い光は何かを訴えかけている、牧野はそう感じた。その瞬間、牧野は不思議な感覚を覚えた。牧野の脳裏に不可解な心象が浮かび上がったのである。牧野が漆黒の闇の中で、おぼろに光る何かを摑もうと必死にもがいている、そういった光景だった。それは子供の頃、時折見た夢に似ていた。なぜこんな時に、このような感覚が蘇るのだろう、牧野は不思議に思った。ふと牧野は、未だに見付からない三人の魂が、海螢の光となって現れ出たのではないか、と思った。そう思わざるを得ないほど、その光景は暗示的だった。牧野の気持ちが俄かに高ぶった。

またもや海螢の青白い光がひときわ明るく輝いた時、牧野の心にぼんやりと張り付いていたものが、はっきりとした考えとなって現れていた。海面に怪しく漂ぅ青白い光の揺らめきは、行方不明の三人の魂が、我々に会いに来ているのだ、そう牧野は直感した。それは震災で亡くなった、あらゆる人々の魂でもあるような気がした。牧野はそう思った時、心にもやもやと燻っていた釈然としないものが、春の日差しに少しずつ氷が溶けていくように、徐々に消えていくのを感じた。

　牧野の高ぶっていた気持ちが治まって来ていた。牧野は翔太をそばに呼んだ。

「翔太、海螢の光ばぁよーぐ見ておげぇ。これがぁ父さんと母さんとまゆみの魂だぁ。いいがぁ、よぐ見るんだぞぉー」

　翔太は黙って大きく頷いた。牧野は万感胸に迫るのを感じながら、海螢の青白い光をじっと見つめていた。

ふと牧野は海螢の光が「後ろばぁ見るなぁー、後ろぉ振り返るんじゃねぁー、しっかり前向いで歩げー、力の限りぃ生ぎるんだぁー」と語り掛けているように思った。現に真っ暗闇の中から、牧野にはそんな声が微かに聞こえたような気がした。断続的に、途切れ途切れだったが、間違いなくそう聞こえたのだった。牧野にとって言うなれば、暗い嵐の夜に、ヒューヒューと吹きすさぶ風が、ふと途切れ、束の間の静寂が訪れた時、時折聞こえてくるような微かな音は、空耳だ、とはっきりと断じることができるのだったが、暗く淀んだ闇の海で、神秘に揺れ動く、海螢の青白い光を目の前にした時の牧野には、空耳なのだ、とは決して思われなかった。牧野はそばに立っている翔太に向かって「何がぁ声ぁ、聞こえねぁがったがぁ?」と訊いた。暗闇の中にぼんやりと白く浮かぶ翔太の顔が、表情はよく分からなかったが、牧野を見上げて頭を大きく左右に振った。

牧野は、暗い海面に神々しく輝く海螢の光を目にして、かつてないほどの敬虔な気持ちと、神聖な気分が心に湧き起っていた。牧野は無意識のうちに海螢の光に向かって、神妙な表情で頭を下げ、静かに手を合わせていた。

と、少し離れた闇から、だみ声でぶつぶつと唸る微かな声が聞こえた。西川老が押し殺した声で、低く念仏を唱えている声だった。

牧野は西川老の目と鼻の先に立って居ながら、闇に紛れて、西川老の念仏を唱える姿をはっきりと見ることができなかったが、西川老の念仏の野太く響く声の質感と、念仏を詠唱する時、誰でもが味わう厳粛な気分になるという心情とによって、念仏を唱える西川老の様子は、容易に想像し得たのである。

西川老のだみ声で唸る念仏の声は、暗い海面を渡って、神秘に揺れる海螢の青白い光に、滔々と余韻を引いて流れ入り、海螢の光と融合しているように思えた。牧野は心に染み入るような西川老の念仏の声を、静まり返った闇の中で、感慨深げに聞いていた。

やがて海螢の光は流れる雲に陰っていく月の光のように、輝きの強弱を繰り返しながら、ゆるゆると暗い海に消えようとしていた。牧野は消えゆく海螢の光を静かに見つめながら、明日にも三人の死亡届を出しに行こうと思った。

小菅　登（こすげ　のぼる）

一九四六年（昭和二一年）、東日本大震災において「奇跡の一本松」として被災した町に程近い、岩手県陸前高田市広田町に生まれ、現在柏市に住む。関東学院大学経済学部専攻科修了。慶應義塾大学文学部卒業。二〇〇九年（平成二一年）、三菱ＵＦＪ証券（現三菱ＵＦＪモルガンスタンレー証券）退職。三田文学会会員。

海蛍

発行日　二〇二〇年六月八日
著者　小菅 登
発行者　本多順子
発行所　株式会社 冬花社
〒二四八－〇〇一三
神奈川県鎌倉市材木座四－五－六
電話 〇四六七－二三－九九七三
ファックス 〇四六七－二三－九九七四
http://www.toukasha.com
印刷・製本　シナノパブリッシングプレス
装幀　小沼宏之［Gibbon］

ISBN978-4-908004-39-1